10
18

12, AVENUE D'ITALIE. PARIS XIIIe

## *Sur l'auteur*

Susan Lillian Townsend est née en 1946 à Leicester, en Angleterre. À 30 ans, elle rejoint un groupe littéraire et entame une carrière d'écrivain. Dans le domaine de la littérature de jeunesse, elle a publié *Journal secret d'Adrien, 13 ans ¾*, grand succès auprès du public et de la critique britannique. Sa littérature, toujours très humoristique et caustique, l'inscrit dans la galerie des principales écrivaines britanniques d'aujourd'hui. Elle a également publié *La Reine et moi*, récit où elle imagine le déménagement comique de la famille royale vers la banlieue londonienne, et *La femme qui décida de passer une année au lit*. Sue Townsend s'est éteinte en 2014. *Dans la peau de Coventry* est son dernier roman publié.

SUE TOWNSEND

# DANS LA PEAU DE COVENTRY

Traduit de l'anglais
par Fabienne Duvigneau

10/18

CHARLESTON

*Du même auteur*
*aux Éditions 10/18*

LA FEMME QUI DÉCIDA DE PASSER UNE ANNÉE AU LIT, n° 4790
▶ DANS LA PEAU DE COVENTRY, n° 5171

Titre original :
*Rebuilding Coventry*
First published in Great Britain by Methuen London 1988
Published by Mandarin Paperbacks 1991
Published in Penguin Books 2013


Édition française publiée par :
© Charleston, une marque des éditions Leduc.s, 2016.
ISBN 978-2-264-06798-2

# 1

## Hier, j'ai tué un homme

Il faut d'abord que je vous dise deux choses sur moi : la première, c'est que je suis belle, la deuxième, c'est que, hier, j'ai tué un homme du nom de Gerald Fox. Dans les deux cas, il s'agit d'un accident. Mes parents sont laids. Mon père ressemble à une balle de tennis, il est rond et chauve, et ma mère fait penser à une lame de couteau à pain, mince, tranchante, acérée. Je ne les ai jamais appréciés et je soupçonne qu'ils ne m'apprécient pas non plus.

Quant à Gerald Fox, je ne l'ai jamais suffisamment aimé ni haï pour vouloir le tuer.

Mais j'adore mon frère Sidney, et je crois qu'il m'adore aussi. Nous nous moquons ensemble de Balle de Tennis et de Couteau à Pain. Sidney est marié à une femme triste qui s'appelle Ruth. Ruth soupire avant de parler, et ensuite, quand elle a fini, elle soupire encore. Les soupirs sont ses signes de ponctuation. Sidney est fou d'elle : il trouve sa mélancolie profondément érotique. Ils n'ont pas d'enfants, ils n'en veulent pas. Ruth prétend qu'elle a trop peur du monde et Sidney tient à garder sa petite femme effarouchée rien que pour lui. Ils font l'amour sept fois par semaine – davantage par temps chaud –, et quand ils vont à l'étranger, ils quittent à peine leur chambre d'hôtel. Sidney me raconte presque tout de sa vie conjugale alors que, curieusement, il est très réservé pour ce qui touche à l'argent. Dès que nous abordons le sujet, il frissonne et se dérobe en murmurant : « Non, non. »

Il est directeur commercial pour une enseigne de matériel électrique, dans la ville où nous sommes nés tous les deux, et il est très doué pour vendre des appareils photo, des lecteurs de CD et des téléviseurs couleur portables à des gens qui n'en ont pas les moyens. Sidney a du succès parce que, comme moi, il est beau. Les clients ne résistent pas à son sourire. Ils sont hypnotisés par le brun velouté de ses yeux frangés de cils épais et admirent ses mains pendant qu'ils signent l'offre de financement. Ils ne renâclent même pas quand il leur annonce que le bien de consommation durable qu'ils viennent d'acquérir, et dont ils souhaitent disposer immédiatement, ne leur sera pas livré avant une quinzaine de jours. Ils sont bien trop occupés à écouter sa voix chaude, parfois hésitante, entrecoupée d'accents rauques qui vous vont droit au cœur, et ils quittent le magasin sur un petit nuage. Une femme qui sortait à reculons, en agitant la main pour dire au revoir à Sidney, a été renversée par une moto qui l'a traînée sur dix mètres avant de la lâcher dans le caniveau. Les autres employés se sont précipités à son secours, mais Sidney est resté à l'intérieur pour garder la caisse.

Sidney est quelqu'un de très froid. Il n'a jamais souffert, et la souffrance d'autrui l'agace. Il ne regarde plus le journal télévisé depuis qu'« on ne cesse de vous agresser avec ces images de victimes de la famine ». Je lui ai demandé un jour ce qu'il attendait de la vie. « Rien, a-t-il répondu. Je l'ai déjà. » Il avait trente-deux ans à l'époque. J'ai insisté : « Mais qu'est-ce que tu vas faire jusqu'à ta mort ? » Il a répliqué en riant : « Gagner plus d'argent et acheter plus de choses. » Mon frère est pragmatique à l'excès. Il ne sait pas que j'ai tué un homme hier. Il est en vacances dans une villa en Algarve et ne prend aucun appel.

De toutes les personnes que je connais, Sidney est la seule qui ne sera pas choquée d'apprendre que je suis recherchée par la police. Je suis presque contente qu'il soit dépourvu de principes ; les gens qui n'ont pas de principes sont très rassurants dans les moments de crise.

J'ai un prénom peu courant : Coventry. Mon père était de passage dans la ville de Coventry le jour de ma naissance, il livrait un camion de sable sur un site où avait explosé une bombe. « Heureusement qu'il n'avait pas été envoyé à Giggleswick », répétait ma mère au moins trois fois par semaine. C'est le seul trait d'humour qu'elle a réussi à concevoir de toute sa vie.

Sidney aussi a été baptisé en hommage à une ville : mon père a vu une photo du pont de Sydney dans un magazine et il en est tombé amoureux. Il connaissait son poids, sa longueur, le calendrier des travaux d'entretien et de peinture.

Enfant, j'étais troublée par ces choix irraisonnés. Puis, avec le regard froid de l'adolescence, j'ai vu mon père comme un être d'une médiocrité accablante et dénué de toute imagination.

Naturellement, Sidney et moi avons toujours détesté nos prénoms. J'enviais l'anonymat des Pat, des Susan ou des Ann, et Sidney aurait aimé s'appeler Steve. Tous les hommes que j'ai connus, en fait, auraient aimé s'appeler Steve.

Donc, voilà. J'ai un visage, un corps et un prénom extraordinaires, mais malheureusement, je suis une femme très ordinaire qui n'a aucun talent particulier, aucune relation influente parmi les membres de sa famille, aucune qualification en quoi que ce soit et aucun revenu. Hier, j'avais un mari et deux enfants adolescents. Aujourd'hui, seule et en fuite, je suis à Londres, sans mon sac à main.

# 2

## Une soirée au pub

Coventry Dakin était allée au pub avec ses amies. On était lundi soir. Elle ne s'amusait pas. Derek, son mari, avait élevé la voix avant qu'elle sorte. Il se rendait à la réunion annuelle de la Société des amateurs de tortues et, selon lui, Coventry devait rester à la maison avec les enfants.

« Mais, Derek, ils ont seize et dix-sept ans. Ils sont assez grands pour se débrouiller seuls, avait chuchoté Coventry.

— Et s'ils étaient victimes d'une bande de dangereux voyous entrés par effraction, qui tabasseraient John et violeraient Mary ? » avait répondu Derek, lui aussi à voix basse.

Estimant tous deux qu'il ne fallait pas se disputer devant les enfants, ils s'étaient éclipsés dans la cabane des tortues au fond du jardin.

Dehors, la nuit était noire. Derek détachait les feuilles d'une salade pour les donner à ses tortues adorées. Coventry entendait leurs carapaces se heurter les unes contre les autres tandis qu'elles s'avançaient vers lui.

« Mais aucun voyou dangereux ne traîne dans le coin, Derek.

— Ils ont des voitures, Coventry. Et ils ciblent les propriétés des banlieues riches.

— Mais ici, il n'y a que des logements sociaux.

— On est en train d'acheter la maison, non ? Je te rappelle qu'on est en location-accession à la propriété.

— Comment des voyous en voiture pourraient-ils le savoir ?

— En voyant les portes et les fenêtres de style géorgien que je viens d'installer, évidemment. Mais si tu ne crains pas de laisser John et Mary seuls sans défense, fais comme tu voudras. Va au pub avec tes amies vulgaires. »

Coventry ne prit pas la défense de ses amies : incontestablement, elles étaient vulgaires.

« Je n'aime pas t'imaginer assise dans un pub. » Derek était franchement de mauvaise humeur à présent. Coventry distinguait ses lèvres pincées dans l'obscurité.

« Alors, ne m'imagine pas. Pense plutôt à tes sales tortues visqueuses ! dit-elle, criant presque maintenant.

— Les tortues ne sont pas visqueuses, tu le saurais si tu prenais la peine d'en caresser une. »

Un long silence tomba entre eux, rompu seulement par le bruit des tortues qui déchiquetaient la salade. Pour combler le vide, Coventry lut les noms que Derek avait minutieusement écrits avec de la peinture fluorescente sur chaque carapace : « Ruth », « Naomi », « Jacob » et « Job ».

« Elles ne devraient pas être en train d'hiberner ? » demanda-t-elle.

C'était un sujet épineux. Il avait déjà gelé plusieurs fois, mais Derek repoussait encore le jour fatidique. En vérité, les tortues lui manquaient pendant les longs mois d'hiver.

« Si ça ne t'ennuie pas, c'est moi qui décide du début de leur hibernation », répliqua-t-il. Mais il pensa en son for intérieur : « Il faut que j'aille chercher de la paille demain en sortant du travail. »

Derek était inquiet. À cause d'une succession d'étés désastreux, ses précieuses créatures boudaient leur nourriture. Elles manquaient donc de graisse et risquaient de ne pas survivre à leur séjour hivernal au pays des songes. Il avait tenté de les alimenter de force, puis renoncé en constatant qu'elles manifestaient les signes d'une détresse évidente. Il les pesait tous les jours, notait leur poids respectif dans un petit cahier, et se reprochait de ne pas avoir remarqué cette anorexie plus tôt. Mais comment était-il censé voir à travers leurs épaisses carapaces ? Il n'avait pas une vision à rayon X, n'est-ce pas ?

« Bon, tu m'excuseras, mais… » Derek avait ouvert la porte de la cabane pour signifier à Coventry que sa présence n'était plus souhaitée. Elle s'était glissée dehors en évitant de le frôler, refusant tout contact avec lui, et était rentrée dans la maison après avoir retraversé seule le carré d'herbe humide où les tortues s'ébattaient pendant les mois d'été.

Le pub où Coventry avait retrouvé ses amies s'appelait Chez Astaire. C'était un pub à thème ; le thème étant la figure cinématographique de Fred Astaire. Le designer avait effacé l'ancien nom, Le Cochon Noir, à l'extérieur, et éliminé les solides tables en bois et les bancs confortables à l'intérieur. Les consommateurs devaient maintenant se serrer autour de guéridons chromés roses, et caler leurs larges fessiers sur de minuscules tabourets en tissu synthétique couleur parme. Le nouveau décor se voulait le reflet d'un night-club de Hollywood dans les années trente, mais la clientèle s'obstinait à rester simple, dédaignant tous les cocktails qu'elle était invitée à siroter, préférant descendre de grandes pintes de bière.

Des costumes à la Fred Astaire avaient été fournis aux employés. Ils les avaient endossés la première semaine, puis, à bout de nerfs, incapables de supporter plus longtemps les hauts-de-forme, les cols empesés et les queues-de-pie, ils s'étaient rebellés et avaient réintégré leurs tenues habituelles.

Greta, cent kilos, serveuse au Cochon Noir depuis qu'elle avait arrêté l'école, avait démissionné aussitôt après l'encaissement des dernières commandes le soir de la réouverture.

« J'étais vraiment trop cruche avec c'te chapeau, avait-elle déclaré dehors, sur le trottoir.

— J'te l'fais pas dire, Greta », avait confirmé un habitué, qui déplorait cependant de ne plus pouvoir plonger le regard dans sa généreuse poitrine.

Il fallut cinq bonnes minutes à Derek pour installer Ruth, Naomi, Jacob et Job pour la nuit, et encore un moment avant qu'il n'ait terminé de verrouiller les fenêtres et la porte de la cabane. Les tortues étaient devenues des animaux rares et prisés, et leur vol de plus en plus répandu en Angleterre. Derek ne voulait prendre aucun risque. Que ferait-il si on lui arrachait ses quatre trésors ?

Outre le fait qu'il les adorait, il ne trouverait jamais l'argent suffisant pour renouveler son stock. En rentrant dans la maison, il s'aperçut que Coventry lui avait désobéi et était partie au pub.

« Je dois absolument sortir, désolé, mais c'est la grande réunion annuelle, expliqua-t-il à ses enfants, qui lui témoignèrent la plus parfaite indifférence. Ça va aller, tous les deux ?

— Évidemment », fut la réponse.

Une fois la porte de style géorgien refermée derrière Derek, les enfants filèrent à la réserve de leur père, ouvrirent une bouteille de vin de sureau et prirent place confortablement, un verre à la main, devant *Vils Désirs*, une vidéo semi-porno.

Coventry était mal à l'aise au souvenir de sa dispute avec Derek. D'autant plus qu'un flottement venait de s'installer dans la conversation. Pour remplir le blanc, elle sortit la première chose qui lui passait par la tête.

« Quel âge avait Jésus quand il est mort ? demanda-t-elle.

— Arrête ! grogna Greta avec sa voix de femme qui fume trois paquets de cigarettes par jour. Je suis là pour m'amuser, pas pour écouter des bondieuseries ! »

Coventry rougit, puis s'efforça de ne pas rougir. Elle avait lu le jour même qu'avec des pensées positives, on pouvait amener son corps à faire tout ce qu'on voulait.

« Il n'est pas mort, il a été assassiné, corrigea Maureen, qui était très mince et attachait beaucoup d'importance aux détails.

— Il avait trente-trois ans », déclara Greta d'un ton hargneux. Elle ferma son sac à main pour signifier que le sujet était clos.

Coventry regarda Greta et songea que c'était une brute. Elle se la représenta, grosse et flasque, dans une tenue de skinhead, au lieu du pantalon en polyester qu'elle n'avait même pas pris la peine de changer pour sortir. L'image fit venir un sourire sur ses lèvres. Adossé au bar, un homme poilu aux joues encadrées par des favoris lui sourit en retour. Coventry détourna aussitôt les yeux et feignit de chercher quelque chose dans son sac.

Maureen partit d'un petit rire. « Hé, on dirait que Cov a un ticket avec le gars en salopette, là-bas. »

Greta alluma une cigarette et rejeta un nuage de fumée grise. « C'est Norman Parker. Il est accro au jeu et j'ai jamais vu quelqu'un qui pue des pieds autant que lui. Méfie-toi, Cov. »

Les trois femmes contemplèrent les pieds de Norman Parker, dissimulés par de grosses chaussures de chantier. Se voyant observé, Norman s'écria : « Vous me reconnaîtriez pas quand je suis propre et pomponné ! Cecil Parkinson[1], il valait pas mieux que moi. »

Mr Patel, le propriétaire, leva les yeux du micro-ondes où de mystérieux rayons réchauffaient la tourte à la viande pour le dîner de Norman. Il n'aimait pas qu'on élève la voix dans son pub. L'expérience lui avait appris que lorsque le ton montait, il finissait en général par appeler

1. Homme politique britannique contraint de démissionner en 1983 après le scandale qui révéla la grossesse de sa maîtresse. (*Toutes les notes sont de la traductrice.*)

la police avant de s'enfermer dans la réserve avec la caisse.

Gerald Fox entra en trombe et regarda autour de lui d'un air important, comme s'il allait annoncer que la guerre avait éclaté. « Mettez-moi donc un friand à la saucisse dans c'te micro-ondes, Abdul ! » lança-t-il.

Mr Patel grommela dans sa barbe en ravalant son amertume. Il détestait qu'on l'appelle Abdul. Ce type-là ne pouvait donc pas apprendre à prononcer son nom correctement ? Avait-il la langue empêtrée au point que « Parvez » était trop difficile pour lui ?

« Vous désirez autre chose, Mr Fox ? s'enquit Mr Patel.

— Ben, tant qu'on y est, Abdul, j'aimerais bien passer une nuit avec votre bonne femme. À ce qu'on dit, c'est une chaude... » Gerald lâcha un long rire gras, et Norman Parker l'imita pour se montrer sociable.

Mais Mr Patel ne souriait pas. « Vous avez mal compris, Mr Fox. On a dû vous dire qu'elle venait d'un pays où l'on est habitué à avoir chaud... En effet, elle est originaire de Goa, au sud-ouest de l'Inde. »

Le tintement du micro-ondes le rappela à son devoir. Coventry applaudit en riant et lui glissa un coup d'œil complice. Gerald pivota vers elle. « Tiens, mais c'est Coventry Tittie[1] ! s'exclama-t-il. Pardon, je veux dire Coventry City. » À nouveau, Norman Parker s'esclaffa pour l'accompagner, offrant le spectacle de sa bouche ouverte remplie d'une bouillie de tourte à la viande.

1. Jeu de mots : *Tittie* signifie « nichon ».

« On va ailleurs, les filles ? dit Maureen.

— Pourquoi c'est nous qui bougerait ? rétorqua Greta. On était là avant. » Puis elle lança à Gerald Fox : « À vot' place, j'ouvrirais pas trop le bec. Ça ressemble au chantier du tunnel sous la Manche là-dedans. »

Norman Parker, toujours accommodant, lâcha un bon rire. Gerald se retourna, but une grosse gorgée de bière et gronda d'un ton menaçant : « Non mais dites donc, Greta… »

Coventry était encore rouge jusqu'à la racine de ses cheveux, naturellement blonds, à cause de la boutade de Gerald Fox. Elle croisa les bras sur sa poitrine, comme elle l'avait fait des centaines de fois depuis que le premier garçon avait crié « Coventry Tittie ! » dans la rue, vingt-sept ans auparavant.

Norman et Gerald discutaient, debout au comptoir, en comparant avec force vantardises et affabulations l'argent qu'ils gagnaient, leur force physique et leurs conquêtes féminines. C'est alors que Gerald mentit et raconta à Norman que Coventry était sa maîtresse depuis plus d'un an. Il développa : « Je la vois le lundi, le mercredi et le samedi, mais le reste du temps, on fait semblant de ne pas s'apprécier.

— Elle est bonne comédienne, déclara Norman. Franchement, je croyais qu'elle vous détestait. »

Gerald baissa la voix. « Elle est folle de moi. Elle voudrait que je plaque ma bourgeoise, mais je lui ai répondu – tenez, c'était pas plus tard que mercredi…, j'y ai dit : "Coventry, ne me demande pas de quitter mes gosses ; ça me tuerait". »

Norman Parker hocha la tête d'un air compatissant. Lui-même avait quitté ses gosses deux ans plus tôt, et pendant un bref instant, envahi par une bouffée de nostalgie largement due à l'alcool, il le regretta.

« J'habite en face de chez elle, vous savez, reprit Gerald. C'est pratique… ça économise de l'essence. »

Norman comprenait bien cet aspect de la question. Ses propres infidélités conjugales l'amenaient à sillonner le district, et la plage arrière de sa voiture était constamment jonchée de menus cadeaux offerts par les stations-service.

Greta se leva et s'approcha du comptoir. Elle regarda Mr Patel ôter le film plastique qui enveloppait un friand à la saucisse et déposer l'objet, rose et brun, sur une assiette en carton pour satisfaire l'appétit dévorant de Gerald. Elle avait l'intention de dire quelque chose, elle ne savait pas encore quoi, ni à qui, mais elle réussirait bien à créer un petit drame à partir de l'ambiance tendue qui régnait ici. Greta avait besoin de drame dans sa vie, c'était son oxygène. Sinon, elle se flétrissait et perdait toute substance. C'était une femme forte qui se nourrissait d'émotions fortes. Elle se sentait née pour chanter *La Traviata*, mais semblait condamnée à demeurer une voix anonyme dans la chorale de son quartier. Elle choisit de s'attaquer à Norman Parker.

« À ce qu'y paraît, votre ex-femme s'en sort bien, dit-elle. Sous-directrice chez Tesco, rien que ça… »

Norman serra les dents et crispa les orteils dans ses gros souliers. « Faut qu'ils soient dans la panade pour lui refiler un job pareil », marmonna-t-il. Il termina sa bière, cherchant quelque chose à ajouter, mais ne trouva rien.

Gerald vint à son aide. « Tout le monde sait comment elle l'a eue, sa promo.

— Comment ? demanda Norman naïvement.

— Couchée sur le dos, bien sûr. »

Ayant ainsi manifesté son soutien, Gerald guetta un remerciement dans les yeux de Norman, mais celui regardait ailleurs.

Greta commanda deux vodkas orange pour Maureen et elle et un porto citron pour Coventry. Mr Patel s'affaira du côté des bouteilles en essayant de passer inaperçu. Il pensait : « Moi, je tuerais celui qui insulterait ma femme, ou mon ex-femme. Je le découperais en petits morceaux et je le donnerais à manger au gros poisson rouge qui nage dans le bassin d'ornement à l'entrée du restaurant de mon beau-frère. »

Norman se retourna, la mine sombre. « Comment vous savez ça, vous ? »

Gerald eut un rire cynique. « Norman, tout le monde le sait. C'est pas pour rien qu'on l'appelle "le Grand Canyon". »

Norman connaissait assez mal la géographie, mais il perçut l'énormité de l'insulte et envoya un coup dans le bras de Gerald Fox.

Le doigt de Mr Patel composait déjà les premiers chiffres du numéro de la police. Coventry voulut partir et se leva, mais Greta l'obligea à se rasseoir. « Finis ton verre. Le porto, c'est comme l'argent, ça ne pousse pas dans les arbres, figure-toi. »

Coventry obéit. Elle pensa : « Si, justement. Ça pousse dans les arbres… au début. »

Maureen, qui était fan de lutte sportive, criait pour encourager Norman tandis que celui-ci martelait de ses poings les épaules de Gerald. Gerald tentait de calmer la fierté outragée de Norman (et d'éviter une fin précoce à son costume) en répétant : « C'était une blague, Norman, c'était une blague. » Mais ses efforts pour raisonner Norman devinrent plus difficiles lorsqu'il reçut son poing dans le cou. Il fut donc obligé de riposter. Les deux hommes étaient de taille et de poids comparables, et ils se battaient encore quand deux policiers boutonneux entrèrent dans le pub, tenant leur casque à pointe sous le bras comme un ballon de rugby.

Greta reprit place sur son tabouret, comblée. Il n'y avait pas de sang, mais une arrestation était fort possible, suivie d'un procès où elle comparaîtrait en tant que témoin principal. Elle porterait son tailleur noir et blanc à motif pied-de-poule. Cela ferait un joli contraste avec les boiseries sombres de la salle d'audience.

Le policier le plus boutonneux s'interposa entre Gerald et Norman, tous deux soulagés par l'intervention d'une plus haute autorité qui leur évitait de devoir mettre fin eux-mêmes à la bagarre. Coventry se leva à nouveau pour partir, mais le policier le moins boutonneux dit : « Restez assise, madame, jusqu'à ce que nous en ayons terminé.

— Mais je n'ai rien à voir avec cette histoire », protesta Coventry.

Norman s'écria : « Oh si, espèce de sale menteuse… vous êtes la maîtresse de Gerald Fox depuis un an ! »

Bien qu'ils n'aient pas encore été mentionnés – puisque sans importance jusqu'à présent –, il y avait d'autres consommateurs chez Astaire ce soir-là, et ils entendirent distinctement l'accusation de Norman. Trente pour cent d'entre eux, préoccupés par des soucis personnels, n'enregistrèrent pas l'information. En revanche soixante-dix pour cent non seulement l'enregistrèrent, mais s'en réjouirent et la colportèrent autour d'eux. Bientôt, tout le lotissement des Chemins Gris sut que Coventry Dakin et Gerald Fox avaient une liaison et qu'ils s'étaient disputés au pub – quel gâchis, vous vous rendez compte ? Elle qui avait deux enfants et un mari respectable, et lui, quatre petites filles adorables et une femme aux nerfs si fragiles qu'elle ne supportait pas de regarder des films d'horreur à la télévision.

Greta était déçue. Mr Patel ne voulait pas porter plainte afin de ne pas nuire à la réputation de son établissement. Les jeunes policiers adressèrent des remontrances de pure forme à Norman et à Gerald, en usant de maintes obscénités pour prouver qu'ils étaient des hommes comme tout le monde, puis se retirèrent après avoir refusé les friands à la saucisse offerts par la maison. Dans la voiture, ils parlèrent de Coventry Dakin et décrétèrent que Gerald Fox avait bien de la chance. Du fait de leurs horaires tardifs, ils n'avaient pas une grande expérience des femmes et attendaient avec impatience d'être transférés aux Mœurs.

# 3

## Je quitte ma ville natale

Mercredi après-midi, alors que j'étais en train de nettoyer ma cheminée, je me suis précipitée dans la rue, j'ai ouvert la porte de la maison d'en face, j'ai attrapé le premier objet qui me tombait sous la main, une figurine Action Man, et je l'ai abattue sur la nuque épaisse de Gerald Fox.

Fox a immédiatement ôté les mains qu'il serrait autour du cou de sa femme et s'est écroulé, raide mort. Le torse articulé du soldat Action Man a tourné sur lui-même pendant quelques secondes, puis n'a plus bougé. J'ai jeté le vaillant combattant sur le tapis, où il s'est figé dans une position théâtrale, les deux mains levées. Un filet de sang s'échappait de l'oreille gauche de Gerald Fox.

Les enfants sont ressortis de derrière un vieux canapé pour se presser autour de leur mère. J'ai aussitôt quitté la maison et suis partie en courant. Je portais ma tenue spéciale nettoyage de cheminée, j'étais couverte de suie, et je n'avais pas mon sac à main avec moi.

Je me suis enfuie par les voies réservées aux piétons, franchissant des passerelles, plongeant dans des passages souterrains. Je grandissais ou rapetissais selon la taille des bâtiments autour de moi :

minuscule entre les barres d'immeubles, immense à côté des petits bungalows pour retraités. J'ai longé les devantures condamnées et les portes barrées du centre commercial de Bluebell Wood. Je suis passée devant l'église St. Osmond, avec ses contreforts en béton et son clocher en acier, où j'ai assisté à cinq mariages qui ont mal tourné, et j'ai débouché dans Barn Owl Road, l'artère principale qui mène au centre-ville.

Je me suis arrêtée pour reprendre mon souffle près d'une maison au salon illuminé comme le Madison Square Garden. Les cinq membres de la famille étaient assis sur un canapé et deux fauteuils, chacun avec une assiette fumante sur les genoux. Le sel, le poivre et le ketchup étaient posés sur l'accoudoir du canapé. Tous les yeux fixaient la télévision, les bouches mâchaient distraitement, personne ne parlait. J'ai trouvé étonnant qu'ils offrent ainsi aux passants le spectacle de leur intimité.

Là-bas, dans ma cuisine déserte, la table était mise, avec la nappe du mercredi et quatre assiettes. Un service à condiments trônait exactement au milieu. Quatre chaises attendaient devant chaque place, Papa Ours, Maman Ours, deux adolescents Ours. Mais ce soir, Maman Ours serait absente.

Les familles ont quelque chose de très émouvant dans leur fragilité. Les liens du sang sont si facilement rompus.

Tandis que je courais sur le trottoir, au bord de l'avenue où se pressaient les voitures à l'heure de pointe, j'ai cru voir mon mari qui me regardait du haut d'un autobus pris dans la circulation. Mais c'était peut-être un homme qui lui ressemblait, du même âge, avec une mine sinistre lui aussi et un chapeau trop grand pour sa tête. J'étais seule, ou presque, à remonter le courant de la marée humaine qui retournait en banlieue. Qui d'autre partirait vers le centre-ville à six heures du soir, hormis les agents de surface employés dans les bureaux et les meurtrières en cavale ?

Je courais parce que j'ai très peur de la police. Comme certains sont terrifiés par les serpents, les araignées, les ascenseurs ou les avions, moi, j'évite les policiers. Quand j'étais petite, je faisais des cauchemars en noir et blanc dans lesquels m'apparaissait un policier solitaire arpentant une rue ensoleillée. Cette appréhension irrationnelle est la faute de mes parents. (Même si, bien sûr, compte tenu des circonstances, j'avais à présent toutes les raisons d'être effrayée.)

J'avais maintenant atteint la périphérie de la ville et j'approchais de l'hôpital en brique rouge où j'avais hurlé en donnant naissance à mon fils, au point de m'éclater un vaisseau dans l'œil. Derrière la haute cheminée de l'incinérateur se trouvait l'ancienne usine de bonneterie, reconvertie en lycée, où ce même fils se préparait un avenir meilleur.

Courant toujours, je suis arrivée à l'aire de jeux où, des années auparavant, je restais sur les balançoires pendant que ma mère se rendait à une consultation dans un service ou un autre. « Ça me fait sortir de la maison », expliquait-elle, une fois de retour, en rangeant dans le tiroir les dessous qu'elle portait pour ces grandes occasions.

Les balançoires en bois avaient été remplacées par des modèles en plastique. Je me suis assise sur l'une d'elles en essayant de calmer ma respiration. Par automatisme, j'ai repoussé le sol sous mes pieds et j'ai commencé à me balancer, de plus en plus haut. L'air de la nuit s'engouffrait dans mes cheveux. Je me suis mise debout sur le siège et, depuis cette hauteur, j'ai aperçu l'horloge de la gare. J'ai alors décidé de prendre un train, n'importe lequel. Le premier qui passerait. J'irais n'importe où, du moment que c'était ailleurs. Loin des policiers qui enquêteraient sur la mort violente de Gerald Fox.

J'ai sauté de la balançoire et je suis partie à petites foulées vers la gare. En chemin, j'ai longé des bâtiments qui n'existaient plus que dans mon souvenir. Un théâtre où j'avais vu Cendrillon arriver au bal dans un carrosse orné de guirlandes qui clignotaient, tiré par quatre poneys Shetland coiffés de plumes. Un hôtel dont le bar au sous-sol accueillait, dans une lumière rose tamisée, une clientèle de jeunes hommes qui se poudraient le nez, servis par un barman juché sur des talons hauts. Un salon de thé où de vieilles dames s'asseyaient pour poser leurs sacs de courses et souffler un peu avant de gagner l'arrêt de bus. Un pub qui s'appelait Le Cygne Blanc, devant lequel, petite, je m'étais sentie ivre rien qu'en respirant l'air chargé de bière qui s'échappait chaque fois que la porte s'ouvrait. Une boulangerie où la propriétaire glaçait des gâteaux à étages derrière la vitrine, à la fois fière de montrer son talent et recevant avec modestie les compliments du petit attroupement qui se formait toujours sur le trottoir pour la regarder. Une animalerie où les chiots sautillaient dans des cages trop exiguës. Un garage avec deux pompes à essence sur le trottoir, où, après la pluie, surgissaient des couleurs extravagantes que nul adulte, nulle logique ne pouvait expliquer. La quincaillerie dont les bouilloires, les tasses émaillées, les calendriers et mille autres objets suspendus à l'extérieur tintaient et bringuebalaient à la moindre brise. Le club fréquenté par de gros buveurs en costumes tape-à-l'œil qui en émergeaient à quatre heures de l'après-midi, clignant des yeux dans la lumière.

Plus rien. Disparus. Rasés. Des gravats embarqués à l'arrière de camions que personne ne pouvait arrêter, parce qu'on ignorait la procédure et que, de toute façon, on était fasciné par le mot « progrès ». Une route était maintenant en construction. Cette même route qui encerclait la ville, pourfendait la rivière et les parcs, obligeant les piétons à cheminer dans des passages souterrains aux odeurs nauséabondes, sous l'œil peu rassurant de caméras de surveillance.

Parvenue au sommet de la colline qui domine la gare, j'ai contemplé la petite ville en contrebas. Les flèches des églises abandonnées se hérissaient vers le ciel. Sur ma gauche, il y avait un Sandwich Center, sur ma droite, un Destock Center, derrière moi, un Taxi Center. Trois panneaux du même plastique orange fluorescent, avec des lettres noires comme tracées par une main éméchée. Je me suis approchée de la devanture du Taxi Center. Un homme aux traits fatigués, assis derrière un comptoir, parlait dans un micro. Au-dessus de lui, une affiche multicolore rédigée au feutre indiquait :

Avis aux passagers

1. Interdiction de manger un fish and chips dans les taxis (ni aucun repas chaud).

2. Interdiction de cracher dans les taxis.

3. Interdiction de se battre dans les taxis.

4. Interdiction de vomir dans les taxis (sinon, 5 livres de frais + nettoyage. Supplément 10 livres le week-end).

5. Après minuit, acompte de 2 livres à donner au chauffeur avant le début de la course.

6. On monte à ses risques et périls !

7. Tous ceux qui sortiront du taxi sans avoir réglé la totalité de la course seront retrouvés et traités comme il se doit.

L'avis numéro sept m'a effrayée, parce que j'envisageais de ne pas payer le train en sautant les barrières, si nécessaire. Mais une fois dans la gare, j'ai vu que l'aménagement intérieur avait été modernisé. Finis les tourniquets. La société ferroviaire avait aimablement supprimé cet obstacle à ma fuite et pratiquait à présent une politique de « libre circulation ». N'importe qui pouvait accéder aux quais.

Sur la passerelle de bois qui traverse les voies ferrées, j'ai entendu les haut-parleurs annoncer que le train de 18 h 23 en provenance de Nottingham allait entrer en gare voie 3 et serait sans arrêt jusqu'à Londres St. Pancras. Les premières classes étaient localisées à l'avant, les deuxièmes à l'arrière. Et la voiture-bar, pour satisfaire tout le monde, se logeait entre les deux.

Des voyageurs en règle sortirent du buffet situé au milieu de la voie 3, la panse lestée par un sandwich au bacon « p'tite faim ». Je suis montée dans le train et suis restée debout dans le couloir, puis j'ai menti au gentil contrôleur qui réclamait de voir mon titre de transport.

« Mon mari travaille à Londres. On vient de m'appeler pour me dire qu'il a été écrasé sous un tas de briques. »

Je pleurais maintenant, de vraies larmes de détresse. Le contrôleur a essuyé mon visage couvert de suie avec une serviette en papier de British Rail. « Je vais juste prendre votre adresse, a-t-il dit, et on n'en parle plus. » Entre deux hoquets, j'ai encore menti et j'ai donné l'adresse du genre de maison que j'aurais toujours aimé avoir :

« Les Roses Trémières »<br>Villa des Fleurs<br>Petit-Bourg<br>Derbyshire

Il l'a notée. Puis il m'a entraînée vers la voiture-bar, et j'ai saisi au passage des bribes de conversation. « Pauvre femme… mari écrasé par des briques… soins intensifs… ramonage de cheminée. »

J'ai arrêté de pleurer quand une femme en salopette a posé un grand gobelet de thé glacé devant moi. « Allez, ne vous faites pas trop de bile, a-t-elle déclaré. Mon mari a été empalé par un tuyau de radiateur, y a de ça quelques années, mais maintenant, il joue au billard toutes les semaines. »

« Avec ou sans le tuyau ? » me suis-je demandé, et j'ai ri.

La femme a jeté un coup d'œil d'inquiet autour d'elle. « Vous feriez mieux de venir dans la cuisine… »

J'ai passé tout le voyage à sangloter, assise sur une caisse retournée, pendant que les employés de la voiture-bar s'activaient – au service, au gril, au micro-ondes – et se chamaillaient dans le petit espace chaud et confiné. Pour leur faire plaisir, j'ai avalé deux aspirines avec une mignonnette de brandy.

Le soir tombait quand je suis descendue du train à la gare de St. Pancras. J'ai trébuché et je suis tombée. Étendue à plat dos sur le quai, j'ai vu le ciel nocturne de Londres à travers la haute verrière du toit. Je le contemplerais bien des fois par la suite. Des mains attentionnées m'ont relevée mais je n'ai pas pris le temps de les remercier. Je courais déjà.

À droite ou à gauche ? À gauche. J'ai dévalé un escalier gris de saleté. Plus loin, un panneau lumineux indiquait : « Gare de King's Cross ». J'ai attendu de traverser. Le feu a ordonné aux autobus rouges et aux taxis de s'arrêter pour me laisser passer. De l'autre côté, je me suis précipitée vers la première entrée qui se présentait à moi. J'avais un besoin urgent d'aller aux toilettes. Affolée, j'ai cherché un panneau. Là… J'ai reconnu le dessin de la bienveillante femme sans bras avec sa robe trapèze.

Je me suis ruée dans l'escalier, d'où montait une mauvaise odeur. Un tourniquet. Sur un petit carton était noté : « 10 pence ». Je n'avais pas dix pence. Ma vessie était sur le point d'éclater. L'employée, une Noire à l'air maussade, a levé les yeux de son tricot. D'un coup d'œil, elle a jaugé mes habits sales, mes mains et mon visage crasseux.

« S'il vous plaît, vous pouvez me laissez passer ? Il faut absolument que j'aille aux toilettes.

— Dix pence », a répondu l'employée. Elle ne souriait pas.

« Je ne les ai pas… »

Une queue s'était formée derrière moi. Une fillette pleurait. Elle a reçu une claque sur les jambes ; ses larmes ont redoublé. Je me suis écartée pour permettre à la mère, manifestement stressée, de franchir le tourniquet avec deux grosses valises, un sac sur l'épaule et une gamine en pleurs.

Sous le regard impassible de l'employée, elle a réussi à pénétrer dans l'enceinte du paradis en remorquant péniblement son fardeau. La fillette a suivi. L'arrière de ses cuisses portait l'empreinte de la main maternelle. La porte d'une cabine a claqué et les sanglots pathétiques de l'enfant se sont brusquement tus.

« S'il vous plaît, laissez-moi passer », ai-je demandé à nouveau.

L'employée s'est levée. J'ai senti que sa colère n'était jamais loin et qu'elle allait maintenant s'exprimer. « Fichez le camp, sale bonne femme. On n'a rien sans rien ! Vous devez payer comme tout le monde. Si vous croyez que je vais vous laisser venir ici avec votre came et vos trucs dégoûtants. »

Elle me barrait le chemin de son corps massif. C'était la Gardienne du tourniquet. La Geôlière des vessies. La Sentinelle des entrailles. Pour être acceptée dans son royaume, il me fallait une pièce magique.

« Qu'est-ce que je peux faire ? ai-je imploré. Où puis-je aller ?

— C'est votre problème. Z'avez qu'à pas mener cette vie-là. »

Elle me prenait pour une prostituée. Les clientes qui entraient et sortaient par le tourniquet le croyaient aussi, à la vue de mon visage et de mes vêtements repoussants, et évitaient soigneusement de me toucher. J'ai remonté l'escalier. Dans le hall de la gare, j'ai aperçu d'autres femmes sales et mal fagotées, assises par terre, avec des dents gâtées et des chaussures en piteux état. Elles étaient trois, occupées à boire une bouteille de sherry qui circulait de l'une à l'autre. Je me suis approchée et je leur ai demandé dix pence.

« Pour les toilettes, ai-je expliqué.

— Celle-là, elle est bien bonne », s'est esclaffée la plus âgée.

Je me trémoussais sur le dallage en marbre.

« C'est vraiment urgent…

— Va donc derrière, a lancé une autre, qui avait le visage violet et un accent écossais. Faut pas gâcher son pognon pour payer les chiottes.

— Où ça, derrière ? »

La plus âgée s'est levée en vacillant. « À l'hôtel, elle veut dire. Le Northern… T'attends que la réceptionniste ait le dos tourné, et tu rentres discré-tos.

— C'est chouette, là-bas, a déclaré la plus jeune en s'essuyant la bouche. J'me suis lavée la semaine dernière. Y a du savon qui sent les fleurs et une vraie serviette. J'ai eu le temps d'me décrotter les arpions avant qu'on me fiche dehors. »

Je devais à présent faire appel à toute ma concentration pour ne pas perdre le contrôle de ma vessie. Marchant à pas pressés, je suis ressortie de la gare et j'ai aperçu l'hôtel de l'autre côté de la station de taxis. J'ai grimpé les marches en courant. Par les portes en verre, j'ai remarqué plusieurs membres du personnel en uniforme autour de la réception. Je ne pouvais plus me retenir. Je suis entrée, j'ai bifurqué à droite, mon regard est tombé sur le panneau : « HOMMES ». Je suis aussitôt partie dans cette direction. C'est alors que j'ai entendu une voix derrière moi, une voix jeune… féminine… « Je peux vous aider ? »

Je ne me suis pas arrêtée. J'ai poussé la porte des toilettes pour hommes. L'odeur m'a accueillie comme un deuxième battant à écarter, invisible. Un jeune homme se tenait devant l'urinoir. Il a écarquillé les yeux en me voyant et s'est aussitôt détourné ; ses chaussures blanches ont été éclaboussées. « Vous vous êtes trompée », a-t-il dit.

Je me suis jetée sur la porte de l'une des cabines – vide – et j'avais à peine baissé mon pantalon que je me suis assise. Le soulagement a été immédiat, mon corps s'est détendu… Je flottais. Quand il n'est plus resté la moindre goutte à expulser, je me suis levée et j'ai remis de l'ordre dans mes vêtements. Deux chaussures blanches sont brusquement apparues sous la porte. Je me suis figée, attendant qu'elles s'en aillent. Au bout d'un moment, le jeune homme a demandé : « Alors, vous sortez ? »

Je n'ai rien dit. Je n'ai pas bougé. J'attendais. Un filet d'eau coulait, l'odeur m'assaillait les narines, j'entendais la respiration de l'homme. Il a allumé une cigarette. Une bousculade s'est produite à l'extérieur des toilettes, où bientôt a fait irruption un chœur de voix fortes, masculines. Chaussures Blanches a reculé.

« Une femme est entrée là-dedans », a-t-il annoncé, au comble de l'excitation.

Des rires sont montés dans les gorges, puis on a frappé à la porte de ma cabine.

« Il y a quelqu'un ? »

Je me taisais… Toute réponse aurait été ridicule.

« Ça va, ma p'tite dame ? » J'ai reconnu un accent des Midlands, comme le mien, mais la voix était surtout railleuse, chargée d'alcool. « J'peux vous aider si vous faites un malaise. J'ai mon diplôme de s'courisme. »

Il portait des chaussures aux lacets proprement noués, noires et cirées, rassurantes. Les semelles et les talons avaient été remplacés par une main malhabile. Comme je ne répondais pas, il a repris : « Sortez donc de là et v'nez boire un coup avec nous. »

Une autre paire de chaussures est venue se planter devant la porte. Des mocassins, gris, ornés de pampilles. « Arrête, Arthur. On n'a pas le temps de boire un verre… On va rater le train. De toute façon, c'est sûrement une garce. »

Arthur a répondu tristement : « Dans le temps, j'en ai connu des sacrées, de garces. La première fille que j'me suis sortie, tiens, c'était une bonne. On rigolait bien avec les garces. On s'y retrouvait, à l'époque. C'est plus pareil de nos jours. Si t'as pas une capote dans ta poche, même une garce, elle te refuse l'affaire. Alors, qu'est-ce qu'y te reste, hein ? T'es obligé de te chercher une pro à Soho. Et elle, elle te prend un bifton de cinquante pour gratter où ça te démange ! J'ai les moyens de payer cinquante livres, moi ? D'ailleurs, qui peut cracher tellement de pognon, à part les agents de change et les autres comme eux ? Londres, tu parles d'une vacherie. Faut être millionnaire pour habiter ici. Deux livres la pinte ! Trois livres cinquante le casse-dalle ! Et t'as vu c'que coûte une chambre d'hôtel ! Pas étonnant que les gens ici, ils dorment sur les trottoirs. J'te jure, j'vivrais pas à Londres même si tu m'fourrais un tas de diamants dans le croupion. »

Chaussures Blanches a déclaré : « Ce sont toutes des garces… En fin de compte, les femmes, où que tu ailles, il n'y en a pas une pour rattraper l'autre. »

Une menace dans la voix, Arthur a fait remarquer : « Ma femme est une femme. »

Sans prêter attention à la mise en garde de son compagnon, Chaussures Blanches a continué : « Mon ex aussi, mais t'as qu'à voir… Elle s'est tirée avec un Noir.

— Elle s'occupait bien du jardin, pas vrai ? » a dit Arthur.

Chaussures Blanches était lancé. « Là, pendant que je te parle, ta femme est peut-être en train de rouler dans le lit de quelqu'un… »

Mais il s'est tu brusquement. Sa gorge ne paraissait plus en mesure d'émettre aucun son. J'ai regardé le ballet des chaussures sous la porte, écouté les arguments des deux hommes qui en venaient aux mains. Puis, estimant qu'ils s'étaient suffisamment écartés de ma cabine, j'ai ouvert la porte d'un coup et me suis précipitée dehors. Juste avant de sortir, j'ai cru voir qu'Arthur serrait le cou de Chaussures Blanches dont la figure ressemblait à une gargouille.

Une chaleur estivale régnait à l'intérieur de l'hôtel, mais dans la rue, c'était un temps froid d'automne. J'ai commencé à me sentir gênée par mon apparence. J'y attache beaucoup d'importance, et je veille à choisir des vêtements qui ne mettent pas trop en valeur ma silhouette. Comme les regards se tournent déjà naturellement vers ma personne, je ne peux pas m'autoriser quoi que ce soit d'aguicheur. Ma fille Mary m'a dit un jour : « Tu dois être la seule femme au monde qui n'a pas les oreilles percées. »

Mais j'ai toujours redouté qu'on me prenne pour une grue. Peut-être ai-je trop exagéré dans l'autre sens : en me donnant une allure d'institutrice avec mes jupes à carreaux, chandail et gilets assortis, ballerines plates. Je suis quelqu'un de très méthodique, c'est pourquoi je réserve une vieille tenue pour le nettoyage de la cheminée, une fois par an. Je n'avais bien sûr pas prévu d'aller à Londres dans cet accoutrement. Je portais un vieux sweat de Derek à l'effigie de la Société des amateurs de tortues, avec une tortue qui souriait sur une photo imprimée en sérigraphie, un pantalon en polyester bleu pâle à pattes d'éléphant et des tennis noires. J'étais couverte de suie, y compris sous les ongles. Si je m'étais vue avançant vers moi sur le trottoir, j'aurais traversé la rue pour m'éviter. J'avais envie de me retourner à la manière d'un blouson réversible que j'aimais beaucoup autrefois. Sur le dos, sur la poitrine, j'éprouvais la cruelle morsure du froid. L'air glacé s'infiltrait par les manches et le col de mon sweat trop large, et à chaque rafale de vent je gémissais en rêvant d'un pull chaud, d'un manteau suspendu à un crochet derrière une porte, d'un feu devant lequel je me blottirais en rentrant chez moi. Je n'avais rien de tout ça. Je n'avais pas de chez moi.

Je vous prie de croire que je suis normalement d'une propreté irréprochable. Je prends un bain tous les jours, habitude qui passe pour excentrique aux yeux de mes amies et connaissances. En temps ordinaire, je ne sortirais jamais sans m'être brossé les ongles ou avoir vérifié que la capuche de mon anorak repose bien droit sur mes épaules. Mon instinct me criait donc, sale comme j'étais, de me cacher dans quelque endroit obscur. Mais l'obscurité est froide. Aussi je me suis de nouveau laissé séduire par la chaleur illusoire qu'offraient les lumières de la gare de King's Cross.

Les trois femmes étaient toujours assises par terre. Elles fredonnaient une ballade larmoyante du répertoire irlandais, où il était question d'un garçon boucher malheureux en amour qui se pendait le jour de son mariage. J'aurais aimé me joindre à elles et leur demander si elles avaient un manteau à me prêter, mais je savais qu'en chantant elles attireraient bientôt l'attention des autorités. Dans ma ville, j'avais souvent vu des musiciens de rue chassés sans ménagement par la police ; une fois, même, un violoniste qui jouait du Mozart, le summum de la respectabilité en musique. Je me suis donc tenue à l'écart et j'ai arpenté la gare pour chercher des pièces tombées par terre.

L'envie est une émotion destructrice, mais ce soir-là, j'ai envié tous ceux que je voyais. Je leur jalousais leur manteau, leur pull, leurs chaussures, leurs bottes, leur sac à main, leur argent, leurs frites, leur tasse de thé, leur peau propre et leur conscience claire. Les lits dans lesquels ils dormiraient, les maisons dont ils ouvriraient la porte, les cigarettes qu'ils fumeraient. Je n'ai guère de compassion pour les gens qui s'apitoient constamment sur leur sort – comme mon mari –, mais à la vue de ces voyageurs qui marchaient d'un pas décidé, je dois avouer que je me suis sentie accablée par ce qui m'arrivait.

Il était maintenant onze heures du soir. Des ivrognes en smoking regagnaient les quais en tanguant. Une jolie fille a accueilli un joli garçon à la descente d'un train en provenance d'Écosse. Ils se sont dit « Je t'aime ». La fille était plus enthousiaste que le garçon. Une vieille femme affligée de tremblements tirait une valise trop lourde pour elle en direction de la file d'attente des taxis. Un skinhead arborant une araignée tatouée sur le cou a piqué un sprint pour attraper un train – et l'a eu –, répandant une vague d'inquiétude sur son passage. « Il n'y a que les voyous qui courent », a déclaré un homme à sa femme.

Les portes automatiques se sont ouvertes, livrant passage à deux policiers. Cachée derrière une colonne, je les ai vus mettre le holà à la ballade du boucher irlandais suicidaire. Les trois femmes se sont levées en chancelant. Dans le chaos le plus total, elles ont rassemblé leur montagne de sacs en plastique et ont fini par sortir dans la nuit humide. Les policiers les ont regardées partir puis ont continué leur ronde, sur la piste d'infractions mineures à la loi.

Moi qui avais enfreint la loi de la pire manière, j'ai évité de me trouver sur leur chemin. Des gyrophares bleus clignotaient dehors. D'autres policiers sont entrés en masse, certains avec des bergers allemands qu'ils retenaient difficilement au bout de courtes chaînes. Les chiens semblaient haïr l'humanité tout entière et aboyaient furieusement en bondissant vers les passants innocents. L'un d'eux, répondant au nom de Baskerville, montrait une telle hargne qu'il a fallu activer son collier étrangleur pour le faire taire, sous l'œil désapprobateur des amis des bêtes qui assistaient à la scène en gardant une distance prudente. Un message a été diffusé par les haut-parleurs : « Arrivée du train spécialement affrété pour les supporters de football en provenance de Leeds. Le public est prié de s'éloigner et de faciliter le travail de la police. British Rail s'excuse pour tout désagrément qui pourrait être encouru par les usagers durant la traversée des supporters dans la gare.»

Dissimulée derrière un monceau de valises, j'ai vu le train approcher avec sa cargaison de jeunes hommes qui agitaient des écharpes rouges et blanches par les fenêtres. Ils scandaient : « C'est nous que v'là, c'est nous que v'là. » On aurait pu éclairer une ville de cent mille habitants avec l'électricité contenue dans leurs voix. À l'arrêt du convoi, les policiers sont allés se poster, deux par deux, de chaque côté des portes. Les bergers allemands n'avaient pas l'air d'apprécier la couleur rouge, ni la couleur blanche ; ils s'élançaient contre les fenêtres ouvertes, visiblement rendus fous par le désir de planter leurs crocs dans la chair d'un supporter de football. Baskerville se jetait tête la première contre un wagon, en proie à une rage irrépressible. Bientôt, les fenêtres se sont fermées sur toute la longueur du train, le chant s'est tu. Les chiens étaient impossibles à maîtriser. Les usagers se sont parqués dans le fond de la gare, loin des policiers qui hurlaient : « Assis ! Assis ! » et tiraient de toutes leurs forces sur les laisses pour étrangler leurs bêtes. Baskerville a été le dernier à se soumettre ; il roulait des yeux, jappait, grognait, et, même assis, continuait à se traîner sur son postérieur en direction des wagons.

Un inspecteur de police a donné l'ordre d'ouvrir les portes. Il s'est ensuite adressé aux jeunes supporters avec un mégaphone. « Rangez-vous par quatre sur le quai et attendez que tout le monde soit descendu du train. Vous serez ensuite accompagnés jusqu'au métro. Tous ceux qui tenteront de quitter la gare sans escorte seront arrêtés et risquent… » Il s'est interrompu, marquant une hésitation. Un garçon téméraire vêtu d'un chandail jaune primevère a lancé : « Risquent quoi… ? » Baskerville a été amené à l'avant pour répondre à sa question. Une fois la troupe rassemblée sur le quai et le train inspecté afin de vérifier que le matériel n'avait subi aucun dommage, les supporters, les chiens et les policiers ont entamé leur sombre procession.

« Je veux pas aller au métro ! protestait un jeune supporter. J'habite juste à côté. » Un policier l'a repoussé dans le rang.

Quand ai-je vu un spectacle semblable ? Je fouille ma mémoire. Ah oui… Dans un épisode de *Star Trek*, où les habitants d'un ghetto sont raflés par la police. Justement, un des policiers me regarde. Je rougis sous la couche de suie, je consulte ma montre inexistante, et, me rappelant soudain que je suis pressée pour aller à un rendez-vous, je sors de la gare et me retrouve en plein Londres.

Dehors, il y a un vendeur de journaux et de magazines porno. Je lis les gros titres : « SANS-ABRIS : LE CHOC ». Je feuillette rapidement les pages d'un journal… Rien sur le meurtre que j'ai commis au début de l'après-midi. Le vendeur me houspille : « Si vous ne l'achetez pas, ôtez vos sales mains de là. » Je bredouille une excuse et je traverse la rue au milieu d'une foule de gens, heureuse de profiter un bref instant de leurs parapluies. La pluie tombe drue et noire ; en quelques minutes, je suis trempée. Mes tennis prennent l'eau. Au bout d'un moment, je ne me donne même plus la peine de contourner les flaques. Je ne sais pas quoi faire de mes mains ballantes qui ne portent rien, ne tiennent rien, ne poussent rien. J'essaie de croiser les bras, mais ça ne va pas non plus. Cette position convient pour prendre l'air à la porte du jardin, le soir, mais pas pour marcher dans Londres, sous la pluie, à minuit passé. Mains sur les hanches ?… Non… trop suggestif. Derrière le dos ?… Ridicule… on dirait que j'imite la Famille Royale. Finalement, je les laisse pendre, et bientôt je les oublie et n'éprouve plus aucune gêne. C'est ainsi que font les hommes.

Un panneau m'apprend que je me trouve dans le district de Camden. Je n'en ai jamais entendu parler. De l'autre côté de la rue, j'aperçois un château de contes de fées, avec des tourelles, des flèches et des fenêtres en ogive. Est-ce l'abbaye de Westminster ? La Tamise est-elle tout près d'ici ? Sur un autre panneau, je lis le nom de ce bel édifice : « Gare de Saint-Pancras ». Quelle imbécile, je suis revenue à mon point de départ. Suis-je loin de Buckingham Palace ? De Piccadilly Circus ? Je pense à mes enfants. Comment réagiront-ils en apprenant que leur mère est une meurtrière ? J'ai envie d'un anorak, d'une cigarette, d'une tasse de thé, d'un parapluie, d'un savon et d'une chaise. Je continue à marcher. Les bâtiments tournoient au-dessus de ma tête. Je ne peux pas les retenir dans ma vision, ils sont trop nombreux, trop hauts, en pierre jaune sale, alors que je suis habituée à la brique rouge. Ils me semblent inhospitaliers, revêtus de trop d'importance : sièges de sociétés, résidences officielles, et, plus loin, des magasins où s'affichent des prix inimaginables.

J'ai peur de Londres. Je voudrais rentrer chez moi. Mes pieds sont engourdis par le froid, je ne sais pas où aller, dans quelle rue tourner. J'aimerais pouvoir rembobiner le film de ma vie et me réveiller hier matin. Je n'arrive pas à pleurer, mon cœur est glacé dans ma poitrine. Je n'envisage absolument pas de me livrer à la police. J'ai fait une chose terrible et je serai punie ; mais je me punirai moi-même. Nul besoin que la loi s'immisce dans ce qui est maintenant pour moi une affaire personnelle.

## 4

## Un peu d'excitation dans l'impasse de Badger's Copse

Debout devant la gazinière, Greta faisait réchauffer du riz au lait en boîte quand Maureen entra précipitamment dans la cuisine.

« Coventry a tué Gerald Fox !

— Coventry ?

— Oui !

— Tué ?

— Oui !

— Gerald Fox ?

— OUI !

— Coventry a tué Gerald Fox ?

— OUI ! »

Une explosion de joie retentit dans la cuisine. Les deux femmes, tremblantes et sous le choc, mais aussi excitées et heureuses, examinèrent la vie de Coventry pour chercher une agression susceptible de constituer un précédent. Greta se rappela la fois où Coventry lui avait parlé sur un ton sec.

Ce jour-là, chez Greta, celle-ci avait fait remarquer que Derek ne méritait pas Coventry, qui, à ses yeux, était plus jeune, plus belle, plus sympa et beaucoup plus intéressante et intelligente que lui.

Coventry, très agacée, avait répliqué que Derek l'avait épousée quand elle était encore une adolescente inculte qui passait d'un petit boulot à un autre et habitait chez ses parents, où elle était tenue de se conformer à leurs règles. Derek, lui, avait vingt-six ans, une carrière prometteuse, et son nom était déjà inscrit sur la liste d'attente pour l'attribution d'une maison en location-accession à la propriété.

À quoi Greta avait rétorqué : « Laisse-moi rire ! »

Coventry était partie en claquant la porte. D'un point de vue dramatique, l'épisode était un peu décevant, mais il méritait tout de même qu'on y consacre deux minutes. Les deux femmes se sentaient investies d'un statut de la plus haute importance dans l'affaire en question ; après tout, elles étaient les meilleures amies de Coventry.

Elles se postèrent à la fenêtre du salon pour observer les véhicules officiels qui s'arrêtaient devant la maison des Fox. Greta les compta : trois ambulances, cinq voitures de police et un fourgon blanc, un camion de pompiers (Coventry était-elle aussi devenue pyromane ?), trois voitures banales transportant six hommes d'allure banale, et une petite Citroën déglinguée qui contenait une travailleuse sociale vêtue de couleurs criardes. On n'avait rien vu de pareil dans la rue depuis une fête de mariage qui avait mal fini, bloquant la circulation pendant que la bataille faisait rage entre les hommes des deux familles. Greta et Maureen sortirent se mêler aux voisins curieux qui se pressaient derrière le ruban en plastique installé par la police. De temps à autre, les têtes se tournaient vers la maison des Dakin, où le mari de la meurtrière allait bientôt rentrer du travail.

# 5

# Je fais la connaissance de Mr Periwinkle

Il est deux heures du matin et je me suis assise devant un hôpital spécialisé dans la chirurgie du pied, sur une place nommée Fitzroy Square. Je suis incapable de faire un pas de plus. Heureusement, la pluie a cessé et mes vêtements ont séché sur moi. J'apprécie cette petite grâce qui m'est accordée. Devant la porte de l'hôpital, j'ai eu la chance de trouver trois gros élastiques. J'ai utilisé le premier pour attacher mes cheveux humides, les deux autres pour resserrer les jambes de mon pantalon à pattes d'éléphant. Même quand c'était la mode, je ne l'ai porté qu'une fois. Ce jour-là, il y a eu un fort coup de vent et, des chevilles jusqu'au haut des cuisses, j'ai eu l'air d'une goélette qui hisse les voiles. Derek a été content que je l'affecte au nettoyage de la cheminée. En matière de vêtements, il déteste tout ce qui sort de l'ordinaire. Cela le perturbe.

Avant de m'endormir, je me suis essuyé les mains et le visage avec des feuilles mouillées que j'ai ramassées sur la place. Je n'en pouvais plus de sentir la suie sur ma peau. Deux infirmières chaudement vêtues sont passées devant moi et m'ont regardée de travers, visiblement intriguées par cette étrange toilette. Un peu plus loin, l'une d'elles a déclaré : « Moi aussi, j'aime l'odeur de l'automne, mais de là à me fourrer des feuilles plein le nez… » L'autre a répondu : « Au fait, je commence mon stage en psychiatrie le mois prochain. »

Les feuilles mouillées n'ont pas eu raison de la suie. Quand je me suis penchée sur une flaque éclairée par un lampadaire, l'eau m'a renvoyé le reflet de mon visage charbonné. Je me suis rappelé une émission à la télé où des comédiens maquillés en Noirs exécutaient toutes sortes de grimaces et de pantomimes. C'était un des shows préférés de Derek. À l'arrêt de la diffusion, il avait écrit à la BBC. Je me souviens d'une phrase de sa lettre : « Un excellent divertissement, propre et sain, à voir en famille. » Il avait signé de son nom : « Derek A. Dakin. »

Ma tête bascule brusquement en avant. Suis-je en train de dormir ? Je ne saurais le dire, tant mon cerveau est fatigué. Mes yeux se ferment…

Le soleil brille. J'ai chaud. Un vieil homme avec d'énormes favoris et des yeux bienveillants me tend les mains. « Venez, chère madame. » Il m'aide à me mettre debout. « Je suis Mr Periwinkle, dit-il. Le petit déjeuner est prêt. » Il se dirige alors vers l'autre côté de la place et me fait signe de le suivre. Nous nous arrêtons devant une haute maison. « J'habite ici avec ma fille invalide, Emily », explique le vieil homme. La porte est ouverte par Les Dawson[1], déguisé en cuisinier, un

1. Comédien britannique célèbre pour son humour pince-sans-rire.

mince sourire aux lèvres. Il s'efface pour me laisser pénétrer dans un étroit vestibule. Mr Periwinkle m'entraîne vers l'arrière de la maison, jusqu'à une pièce où le soleil qui entre à flots décolore les tissus. « Emily, annonce-t-il, nous avons une invitée pour le petit déjeuner. »

Je n'avais pas remarqué le fauteuil roulant dans le coin, ni la personne qui y est assise. Emily actionne les roues avec ses mains pour s'approcher de moi. Elle a un visage menu, très pâle, et un bonnet de dentelle d'où dépassent des cheveux bruns bouclés à l'anglaise. Elle zozote légèrement quand elle parle. « Je vous z'ai vue dormir devant l'hôpital hier. Est-ce que vous z'aviez très très froid ? »

Je lui réponds : « Oh oui, Miss Periwinkle. J'étais glacée jusqu'aux os.

— J'ai prévenu papa dès que je me zuis levée, n'est-ce pas, papa ? J'ai dit : "C'est notre devoir de chrétiens d'aider cette pauvre malheureuse. Il faut abzsolument l'inviter à partager notre petit déjeuner." N'est-ce pas la vérité, papa ? »

Mr Periwinkle embrasse l'extrémité des doigts blancs de sa fille. « Ma fille chérie n'a plus très longtemps à vivre, me glisse-t-il à voix basse. Mais n'est-ce pas le plus bel ange que vous ayez jamais vu ? »

Les Dawson apporte un petit déjeuner d'une variété inouïe. Je me gave de porridge, d'œufs à la coque, de tartines grillées, de rognons en sauce, de riz au curry et au haddock, de bacon et de saucisses. J'avale six tranches de pain et je bois cinq tasses de café brûlant. Emily grignote un biscuit à l'*arrowroot* et trempe ses lèvres dans une tasse de lait chaud de la taille d'un dé à coudre. Au bout de la table, Mr Periwinkle me regarde manger avec des yeux pétillants. Puis il se lève, attise le feu, et m'invite à m'asseoir près de l'âtre et à raconter mon histoire. Après avoir pris place en face de lui, je déclare : « Il faut d'abord que je vous dise deux choses sur moi. La première, c'est que je suis belle.

— En effet, madame.

— La deuxième, c'est que hier, j'ai tué un homme du nom de Gerald Fox.

— Vous êtes en train de m'annoncer que vous êtes une meurtrière ? dit Mr Periwinkle, dont les yeux ne pétillent plus du tout. Dans ce cas, Dawson, jetez-la dehors. »

Quelques instants plus tard, je m'effondre au pied des marches du perron, sous le regard sinistre de Les Dawson. Il lâche une de ses blagues sur les belles-mères…

Le jour se lève. Un camion poubelle progresse lentement autour de la place, des oiseaux affolés battent des ailes. Je vais devoir me remettre à marcher. Le camion s'arrête près du tas de sacs noirs à côté de moi et deux hommes en salopette orange, les mains protégées par des gants, s'approchent. L'un d'eux porte des lunettes à monture d'écaille, l'autre une chapka russe. Lunettes lance : « Va falloir bouger de là, ma p'tite dame, pour qu'on puisse prendre les sacs.

— On vous a laissée en dernier, renchérit Chapka Russe. Normalement, on commence devant l'hôpital. C'est pas notre routine de finir par là, pas vrai, Spog ? »

Spog ajuste ses lunettes. « Oh, que non. Mais on a vu que vous aviez besoin de roupiller.

— J'ai des crampes dans les deux jambes, dis-je. Je ne peux pas me lever.

— Pas étonnant ! crie Spog dont la voix est couverte par le bruit du broyeur. À rester comme ça sans bouger dans un coin de porte. Une chance que personne soit venu vous asticoter. Y a des types qui sont pas difficiles, vous savez. Ils prennent n'importe quoi, même des clochardes.

— Vous pourriez m'aider à me mettre debout ?

— Non, on pourrait pas, répond Chapka Russe. On n'a pas le droit de toucher le public ; surtout pas les femmes, des fois qu'elles iraient se plaindre. »

Le conducteur descend. C'est un homme corpulent, avec une coupe de cheveux à la Elvis Presley et une cravate lacet. Il s'avance, la démarche chaloupée, comme un animateur qui surgit sur la scène d'un show télévisé. « Fichez le camp d'ici », lâche-t-il durement, d'une voix sans timbre. Il me fait peur. Spog et son compagnon aussi ont l'air de le craindre. Je parviens à m'asseoir sur le trottoir, les jambes toujours ankylosées. Corpulent attrape plusieurs sacs d'une main et les lance à l'arrière du camion. Du menton, il ordonne aux deux autres de se remettre au travail, puis il se campe à un mètre de moi tandis que je me frictionne en vain les pieds et les mollets. Ses lèvres roses ressemblent à deux limaces.

« Si j'étais Premier ministre, je ferais voter une loi pour autoriser la ville à vous balancer dans ma benne, vous et les autres de votre espèce. Vous êtes que des ordures. Les clochards, les ivrognes, les drogués, les putains, les sniffeurs de colle, les pakis, les chinetoques, les nègres, tous… Je te ficherais cette racaille tête la première dans le broyeur. Et vous voulez que je vous dise ? Je ferais ça gratis, pour rendre service à mon pays. Que des ordures ! Allez, ouste ! »

Péniblement, je réussis à me lever et je m'éloigne en clopinant, tournant dans la première rue qui se présente. Peu à peu, à mesure que la circulation se rétablit dans mes jambes, je marche plus vite, et bientôt je cours sur le trottoir désert. Un peu plus loin, je passe devant des cafés et des restaurants qui sont en train d'ouvrir ; de jeunes hommes en jean nettoient les tables. Je sens l'odeur du café, du vrai café, celui qu'on fait dans des petites machines après avoir moulu les grains. Je n'ai jamais bu de ce café-là. À la maison, quand nous avions de la visite – ce qui était rare –, je ne disais pas, comme les acteurs dans les pièces qu'on voit à la télé : « Désolée, je ne peux vous offrir que de l'instantané aujourd'hui. » Chez nous, il n'y avait jamais rien d'autre que du Maxwell House.

Comme la course m'est plutôt agréable, je continue, puis je m'engage dans une grande artère du nom de Tottenham Court Road, où s'alignent des boutiques d'électroménager japonais. Un soleil doré se lève sur ma droite. Mon reflet file dans les devantures des magasins, courant sans effort, évitant les passants sur les trottoirs. Voilà ce que je fais à Londres : je suis une joggeuse matinale.

Allez, plus vite. Plus vite. Queue-de-cheval qui fouette l'air, bras balancés en rythme, foulées de plus en plus longues. Stop. Je suis arrivée au bout de Tottenham Court Road et je reconnais cet endroit. Euston Road. Un grand bâtiment se dresse dans la lumière en face de moi. Je suis passée devant hier soir. J'ai effectué un tour complet. Gare de St. Pancras... Fitzroy Square... Tottenham Court Road. Je me suis délimité un territoire.

Brusquement, les trottoirs sont envahis de monde. Y a-t-il eu un accident ? Mais la foule se disperse déjà. Les gens sortent par vagues successives d'une bouche de métro. Ils ont l'air morne et pressé de ceux qui se rendent à leur travail. Chinois munis d'attachés-cases, Arabes en longues robes flottantes. Une Africaine au visage strié de marques tribales, un turban sur la tête, tient sa fille par la main. La petite est vêtue d'un minuscule uniforme d'écolière. Je suis fascinée par le spectacle de tant de nationalités différentes. Mais à ma grande déception, même après avoir observé pendant cinq bonnes minutes le flot qui monte du métro, je ne vois aucun chapeau melon. En revanche, apercevant le casque d'un policier, je prends peur et je repars en courant dans la direction d'où je suis venue.

Quelques cafés sont ouverts, maintenant. J'ai tellement faim que j'en perçois l'odeur avant de les voir. Comme ce serait très mal élevé de me planter devant les vitres et de regarder les gens en train de manger et de boire, j'accélère l'allure. Sur les quatre voies de l'avenue, la circulation avance par saccades. Ce doit être la célèbre heure d'affluence londonienne. Dans une vitrine, une télévision japonaise diffuse un magazine d'information. L'heure est affichée sur les pieds de Roy Hattersley pendant qu'il s'exprime au nom du Parti travailliste : 7 h 35. John et Mary se préparent à partir pour le lycée. Non, ils n'iront nulle part ce matin.

Aujourd'hui est le premier jour de leur nouvelle identité : ils sont les enfants d'une meurtrière. La maison d'en face est désormais habitée par une veuve et ses quatre enfants.

J'ai semé le chaos dans une rue sans histoires où j'ai vécu humblement pendant vingt et un ans. Je sais que je ne pourrai jamais y retourner.

# 6

## L'inspecteur Sly mène l'enquête

18 h 15. 13, impasse de Badger's Copse, Lotissement des Chemins Gris. Mercredi soir.

L'inspecteur Sly s'impatientait. Il détestait les beaux parleurs et Derek Dakin n'avait pas fermé son clapet depuis dix minutes et quarante secondes. Sly en profita pour étudier le salon à la dérobée. Il se fit plusieurs remarques, qu'il noterait plus tard dans son calepin :

1. Mobilier et moquette : beiges (ainsi que les rideaux)
2. Papier mural : beige (motif cerise)
3. Photos encadrées de trains à vapeur (sept)
4. Bibliothèque : boîtes de rangement, encyclopédies, ouvrages de référence sur les tortues
5. Décoration : trophées sur la télévision (tortues), à côté d'une coupe remportée par Coventry Lambert à l'épreuve de course de haies en classe de cinquième
6. Bouquet d'herbes sèches sur petite table
7. Animaux domestiques : chats (deux) ; dont un souffrant de conjonctivite
8. Enfants : deux ; garçon et fille (genre plutôt sérieux)

9. Mari : un ; raseur de première

10. Preuve que Coventry Dakin habite à cette adresse : paire de mules fourrées (pointure 37) près de la cheminée

11. Photo de mariage sur étagères : mariée ravissante, souriante ; marié pas souriant, air constipé

12 : Sac à main en plastique marron, contenant : carte d'allocataire de prestations familiales, brosse à cheveux, paquet de pinces à linge, clés, tickets de bus, deux tampons (flux régulier), un collier anti-puces pour chat

Pour endiguer le torrent de paroles de Derek, Sly éleva la voix et prit un air sévère. « Quelle heure était-il quand vous avez vu votre épouse pour la dernière fois, Mr Dakin ? »

Derek se mit à pleurnicher en examinant ses ongles. Sly nota mentalement :

13. Mari : pédé ?

Les enfants de Coventry quittèrent la pièce. Jamais ils n'avaient vu leur père montrer tant d'émotion. Son visage tordu ainsi que les grognements pitoyables qui montaient de sa poitrine leur étaient insupportables. Sly lança : « Restez dans le coin, j'aurai besoin de vous parler tout à l'heure. » L'inspecteur n'essaya pas de réconforter Derek ; l'expérience lui avait appris que cela ne faisait qu'aggraver les choses. Il ne lui prêta pas non plus son mouchoir ; on ne le lui rendait jamais.

« C'est le mot "épouse" qui m'a bouleversé, expliqua Derek quand il eut cessé de hoqueter et de sangloter. Une épouse est une femme qui porte un tablier et remue la sauce d'un plat qui mijote sur le feu. Une épouse est douce et patiente, toujours tendre avec sa famille. Une épouse n'assassine pas son voisin et ne prend pas la fuite... »

Mary et John Dakin étaient assis au pied de l'escalier – deux ados innocents tels qu'on les voit poser dans un catalogue de vente par correspondance, perchés sur des balles de foin ou des motos étincelantes, un sourire radieux aux lèvres. Ils ne savaient que penser ; rien jusque-là ne les avait préparés au choc d'apprendre que leur mère était une meurtrière. Ils ne savaient non plus que se dire l'un à l'autre. Silencieux, ils écoutaient le bourdonnement des voix derrière la porte du salon. Finalement, le battant s'ouvrit et l'inspecteur Sly apparut sur le seuil, imposant dans son uniforme sombre. « Mary, va donc faire une tasse de thé pour ton père... avec beaucoup de sucre... il est effondré. » En chemin vers la cuisine, Mary jeta un coup d'œil dans le salon. Derek tremblait de tous ses membres ; il bavait, les doigts entortillés comme des serpents en train de copuler.

« Ma mère est une meurtrière, et mon père est devenu fou », pensa Mary. Elle se remémora l'ambiance qui régnait au petit déjeuner le matin même. Normale... ordinaire... banale... conventionnelle. Tout était terne... sans danger... agréable... AUCUNE RAISON DE S'INQUIÉTER. John fixait la moquette ; il songeait qu'à présent il ne pourrait plus jamais retourner au lycée. Sauf s'il se teignait les cheveux et portait des lunettes noires. Pire, le nom ridicule de sa mère, Coventry, serait divulgué par les journaux. Il avait raconté à ses amis qu'elle s'appelait Margaret.

L'inspecteur Sly se leva ; l'entretien touchait à sa fin. Sans dissimuler son mépris, il considéra Derek qui braillait comme un loup en peine. « Qu'on me laisse cinq minutes seul avec lui dans la cellule, se dit-il, et j'en ferais un homme. Une bonne raclée, voilà ce qu'il lui faut. » L'inspecteur Sly était un partisan invétéré de la bonne raclée. Il avait été témoin de transformations prodigieuses. Des hommes qui étaient repartis du commissariat avec le dos en compote, mais la tête haute.

Mary entra dans le salon avec deux mugs remplis d'un thé trop clair, affadi par un nuage de lait. Elle évitait de regarder son père. Sly lui décocha un de ses regards homme-fort-doté-d'un-cœur-d'or : tête légèrement inclinée, lèvres pincées, lueur chaude dans les yeux. « Tu seras une grande consolation pour ton père dans les jours à venir, Mary, déclara-t-il de sa voix je-sais-parler-aux-adolescents.

Derek se remit à sangloter et Mary sortit précipitamment, rebutée par la morve et les larmes qui s'étalaient sur le visage de son père. Elle était triste pour lui, mais plus encore pour elle-même. Sa vie était fichue. Elle ne pourrait plus jamais mettre un pied dehors, elle perdrait toutes ses amies, et dorénavant, en l'absence de sa mère, elle devrait se charger du repassage et du ménage. « J'ai vieilli de dix ans, pensa-t-elle en contemplant son reflet dans le miroir de l'entrée. On m'en donnerait au moins vingt-six. » Puis elle se rassit sur l'escalier et suçota son pendentif en attendant d'être interrogée.

John, à l'étage maintenant, observait les ambulanciers qui emportaient le corps de Gerald

Fox – après qu'on l'eut exploré sous toutes les coutures et qu'on eut pris diverses photos, empreintes et mesures. L'énormité du crime de sa mère le frappait à présent de plein fouet. Gerald Fox n'existait plus. Ce n'était plus qu'une enveloppe, un néant, un objet gênant. Songeant à sa propre fin, John se dit qu'il préférerait mourir dans son sommeil, à l'âge de quatre-vingt-cinq ans, ou avant de devenir incontinent, selon ce qui surviendrait en premier. Il alla contempler les vêtements de sa mère dans la penderie de la chambre. Sages, sans originalité. Ses chaussures étaient pires encore. Le premier tiroir de sa table de chevet contenait un paquet de lingettes et cinq petites culottes en coton. Puis il découvrit un journal à serrure, caché dans une housse de bouillotte. John glissa le journal sous sa chemise. Il ne voulait pas que l'inspecteur Sly fourre son nez dans les secrets de sa mère. La fermeture en métal était froide contre sa poitrine. Il fouilla silencieusement la chambre à la recherche de la clé mais ne trouva rien. Il attendrait que cette journée terrible se termine, puis, quand son père et Mary dormiraient, il forcerait la serrure et lirait les pensées de sa mère. En ressortant de la chambre, il gémit dans sa barbe : « Oh maman, maman. »

L'inspecteur Sly était tombé sur la cassette vidéo de *Vils Désirs*. Il la présenta à Derek, qui nia l'avoir jamais vue. Mary secoua la tête. « Alors, elle est sûrement au garçon », déclara l'inspecteur Sly. John entra dans le salon et sa réponse fut des plus claires. Non, il ignorait tout de cette cassette. Il ne s'intéressait pas à ce genre de choses. Les films porno étaient d'un ennui mortel et rabaissaient les femmes. Sly pensa : « Pour qui il se prend, ce petit con, à donner des leçons de morale ? »

« Eh bien, si elle n'est à personne, elle doit donc appartenir à Madame », conclut l'inspecteur.

John et Mary échangèrent un regard et décidèrent de ne pas prendre la défense de leur mère. Après tout, elle n'était pas là, tandis qu'eux se trouvaient sur la sellette.

Derek tempêta. « Ma femme ne supporterait jamais d'avoir une saleté pareille à la maison ! Dès qu'on voit une fille en tenue légère à la télévision, elle se plaque un coussin sur le visage. C'est quelqu'un de très convenable.

— Très convenable, mais meurtrière quand même, répliqua Sly. Laissez-moi vous dire une chose, mon vieux. On ne connaît jamais vraiment l'autre. On vit joue contre joue pendant des années, et puis, un jour, on s'aperçoit qu'on ne sait rien de ce qu'il ou elle est réellement. C'est d'une banalité effrayante. Ma femme, tenez… Elle a raté cinq fois son permis tellement elle était stressée, mais la semaine dernière, elle a sauté en parachute pour soutenir un organisme de charité. »

## 7

## Nelson et Trafalgar

Centre Point. J'ai entendu parler de ce bâtiment. Il était célèbre autrefois. Il a l'air vide et guindé, cerné par un vent qui tire et pousse les gens autour de ses murs en béton. Mais j'aimerais bien être à l'intérieur, dans un bureau à moi, tout en haut, où la vue embrasserait tout Londres. Ainsi, je saurais où la ville commence et où elle finit. Est-ce possible d'en faire le tour en un jour, ou me faudrait-il une semaine, ou un mois ?

En descendant Charing Cross Road, je vois deux jeunes hommes en costumes qui s'embrassent. L'un saute dans un autobus qui avance lentement. L'autre, resté sur le trottoir, continue à lui envoyer des baisers du bout des doigts jusqu'à ce que le bus ait disparu. Je vois aussi une femme d'âge mûr, très élégante en noir et rouge, qui accroche son talon dans une fissure du bitume, trébuche, et s'écrie : « Saloperie ! » Elle contemple sa chaussure au cuir déchiré d'un air désespéré. Plus loin, j'aperçois un vieil homme en chapeau à bords étroits, vêtements défraîchis et bottes en caoutchouc, qui sort un saxophone d'un étui craquelé et entonne « Blue Moon ». Un touriste japonais le prend en photo, s'arrête pour l'écouter et applaudit à la fin du morceau. Il lui demande ensuite de jouer « Les étoiles tombaient sur l'Alabama ». Le musicien, vacillant dans ses bottes, s'exécute de son mieux. Il lève haut son instrument, puis l'abaisse et le balance d'un côté à l'autre. Je l'imagine il y a vingt-cinq ans, en smoking, au milieu d'un orchestre, si loin de penser à la vieillesse…

Le touriste japonais applaudit encore, sourit, s'incline respectueusement, mais il se détourne sans déposer aucune pièce dans l'étui du saxophone. « Je regrette de ne rien avoir à vous donner, dis-je au vieil homme. Vous êtes très bon.

— Non, je ne suis pas bon, répond-il en essuyant ses yeux fatigués avec l'extrémité de sa cravate à carreaux. Je suis un homme très méchant. Dieu connaît mes nombreux péchés et me punit. Je suis en enfer. » Il désigne la devanture d'une librairie et la rue plus loin. « L'enfer, c'est ça. Je suis un objet de pitié. J'ai perdu ma dignité.

— Vous êtes bon musicien, je voulais dire.

— Mes capacités ne cessent de diminuer. Mes mains me font mal à cause de l'arthrose. Dieu m'a donné de l'arthrose afin que je n'oublie pas mes nombreux péchés. Je n'ai pas assez d'argent pour m'acheter de l'aspirine. » Il tend la main ; il a un bracelet en cuivre autour de son poignet maigre.

Je répète : « Je n'ai rien. Pas un sou.

— Alors, allez-vous-en. Vous m'empêchez de travailler. L'aspirine coûte soixante-dix-neuf pence la boîte. » Tandis que je m'éloigne, il commence à jouer « Le temps qui passe ».

J'ai toujours adoré les livres. Je les aime passionnément. Je les trouve sexy. Ils sont solides et doux au toucher, pleins de délicieuses surprises. Ils sentent bon. Ils tiennent dans un sac à main, on peut les emporter avec soi et les ouvrir à n'importe quel moment. Ils ne changent pas. Ils sont ce qu'ils sont, et rien d'autre. Un jour, j'aimerais posséder beaucoup de livres dans ma maison, pour n'avoir qu'à choisir celui qui me plaît sur mes étagères. Un harem. Je dormirai avec mes préférés dans mon lit.

Charing Cross Road est un formidable hommage aux livres : il y en a partout. Nonchalamment empilés. Exposés dans les vitrines. Étagés en savantes pyramides. Déployés sur les tables. Jetés dans des cartons. Répandus par terre ou entassés jusqu'au plafond. En regardant dans les magasins, l'eau me vient à la bouche et mes doigts me démangent. J'ai envie de toucher les livres, de les caresser, de les ouvrir et de les dévorer.

J'ai croisé un groupe d'enfants étrangers. Chacun tenait un petit sac à la main et la plupart étaient en train de manger. Un garçon portait un casque de policier en plastique dont l'élastique lui entaillait le menton.

L'un des enfants a jeté un reste de hot-dog enveloppé dans du papier. Si j'avais été plus rapide, j'aurais pu le récupérer dans le caniveau et n'en faire qu'une bouchée, mais j'ai hésité. Un taxi l'a écrasé sous son pneu avant.

J'ai suivi les enfants, dans l'espoir de ramasser une autre de leurs miettes. À ma grande surprise, Charing Cross Road débouchait dans Trafalgar Square. Les fontaines jaillissaient, étincelantes au soleil. Les enfants se sont éparpillés en semant des graines pour attirer les pigeons, mais quand ceux-ci sont arrivés en masse, ils ont poussé de grands cris et agité les bras. Les oiseaux se sont envolés. Une grosse femme en imperméable beige et bonnet pointu, debout sous un lion en métal, lançait devant elle des fragments de pain et de gâteaux rassis. Toutes sortes de biscuits – certains encore recouverts de glaçage –, cupcakes, cookies, petits pains au lait jonchaient le sol à quelques mètres de moi. La femme roucoulait : « Mangez, mangez, mes chéris. Prenez des forces. Allons, ne vous disputez pas ! Veux-tu bien descendre de là, toi ! »

Cette dernière remarque était adressée à un gros pigeon ébouriffé qui venait d'atterrir sur son épaule. J'avais envie de me précipiter pour rafler les plus gros morceaux ; et je me préparais à bondir quand une autre flopée de volatiles tombant du ciel s'est approprié le repas que je convoitais. Debout au milieu, la femme a renversé son sac. Les pigeons se posaient partout sur elle, s'accrochaient dans les boucles de sa permanente. Elle riait et protestait : « Lâchez-moi, gros bêtas, vous me faites mal. »

Mais les oiseaux restaient tranquillement perchés sur leur monument humain. Quand, enfin, ils se sont envolés, la femme les a regardés s'éloigner à tire-d'aile avec un air envieux. Condamnée à sa lourde condition terrestre, elle s'est penchée péniblement pour prendre un mouchoir en papier dans son sac et a essayé de nettoyer les excréments qui maculaient son imperméable.

« Votre manteau est fichu, ai-je fait remarquer.

— Oh non, a-t-elle répondu. Je le passe à la machine, à quatre-vingt-dix degrés, et il en ressort propre comme un sou neuf. Vu que je m'occupe tous les jours de mes chéris, il me faut absolument un bon lave-linge. C'est un Zanussi. La seule marque valable. Je la recommande fortement. Aucune autre ne vient à bout des petits cadeaux que me font les pigeons. Au revoir. »

Elle est partie en évitant délicatement de déranger les oiseaux restés au sol, s'excusant à chaque pas : « Désolé, mes chéris. Vous voulez bien me laisser passer ? »

Je l'ai suivie des yeux, puis je l'ai perdue quand la foule, plus loin, l'a engloutie. Je me suis alors assise sur le rebord d'une fontaine et j'ai tenté d'élaborer un plan. J'ai toujours organisé ma vie à l'avance. Je crois beaucoup aux listes.

Ma liste d'hier était la suivante :

Commander combustible non fumigène
Nettoyer cheminée
Poudre anti-puces pour Calinou
Laver housses fauteuils et canapé
Acheter soutien-gorge ado (90A)
Raser jambes, épiler sourcils
Aller chercher livre sur tortues pour Derek à la bibliothèque
Trouver chaussettes manquantes
Téléphoner maman pour déjeuner dimanche
Poster carte d'anniversaire Noreen
Voir si Bella a toujours mon gros fouet de cuisine
Demander au médecin si je deviens folle
Ampoules électriques
Papier cadeau Noël
Annuler abonnement Sun
Chercher pince à vélo Derek
Faire taire Grande Gueule à propos de rumeur

Voici ma liste aujourd'hui :

Me livrer à la police ?
Me suicider ?
Essayer de vivre à Londres ?

J'ai essayé de me débarbouiller dans la fontaine, mais tout en me frottant le visage, je savais que seuls du savon et de l'eau chaude me débarrasseraient de la suie.

Je me sentais en sécurité à Trafalgar Square. Voir du monde me distrayait du froid, de la faim et de ma détresse. L'après-midi, un petit attroupement s'est formé pour protester au sujet de quelque chose en Afrique du Sud. Un certain Nelson Mandela était en prison depuis trop longtemps et les manifestants réclamaient sa libération. Je leur ai emboîté le pas jusqu'aux marches d'une église, puis je me suis mêlée à eux pour me tenir au chaud et me cacher des nombreux policiers postés aux alentours. Comme le micro était en panne, un vieillard en duffle-coat vert a mis ses mains en porte-voix et a lancé un message, à moitié noyé par le vent et le bruit de la circulation, où surnageaient seulement les mots : « … oppression… passé impérialiste… honte… racistes… Thatcher… Reagan… Dieu… ».
Un jeune homme debout à côté de moi a lâché : « Ancêtre de mes deux. Il serait temps de le dégager, ç'ui-là. » J'ai vu qu'il fixait le vieillard en manteau vert d'un œil furibond.

« Pourquoi ?

— Parce que c'est un vieux croulant, tiens. Il ne doit pas être loin de la centaine et il déraille complètement. À quoi ça sert de demander la libération de Mandela ? Faut pas parler, faut faire. On réussirait bien à le sortir de c'te prison avec un hélicoptère, des grenades et tout le binz. Moi, je me porterais volontaire. Je suis jamais allé à l'étranger. »

Un homme plus jeune et plus vigoureux, à la voix puissante, avait maintenant remplacé le vieillard. Celui-ci, soutenu par une fille chauve, prenait place sur un siège pliant en toile.

« Mes amis, notre camarade ici présent, Mortlake Greenfield, fêtera ses cent ans la semaine prochaine. Je vous propose de saluer, tous ensemble, l'anniversaire de ce grand homme de la gauche. »

Tandis que la foule entonnait en chœur « Joyeux anniversaire », mon voisin a déclaré avec mépris : « Qu'est-ce que je disais ? À cent piges, il fatigue du ciboulot. Grand homme de la gauche, j'me marre... S'il était si bon que ça, il serait mort ! Il aurait clamsé en se battant pour une cause. »

Je n'ai pas chanté. J'avais la bouche trop sèche, et j'ai toujours trouvé « Joyeux anniversaire » d'une pauvreté lyrique effarante.

Après les nombreux discours passionnés qui ont suivi, j'ai commencé à penser que ce pauvre Nelson Mandela devait être libéré sur-le-champ, et, moi aussi, j'ai scandé « Libérez Mandela ! ». J'ai même levé le bras, sans toutefois brandir mon poing comme les autres. Une fois la manifestation dispersée, j'ai senti encore plus le froid et la faim. Je me souciais à présent davantage de ma propre personne que de Nelson Mandela. J'ai retraversé la rue et j'ai marché autour de la place pour me réchauffer. La fille chauve que j'avais remarquée auparavant s'est approchée de moi et m'a dit : « Hé, camarade, tu te rends pas compte que tu insultes les Blacks en te noircissant le visage pour témoigner ton soutien ? C'est une attitude démago et politiquement incorrecte. »

J'ai répondu : « Non, c'est de la suie.

— Tu serais pas du genre à les appeler des "nègres", toi ?

— Non.

— Comment tu les appelles, alors ?

— Par leurs noms et prénoms.

— Mais quand tu veux parler d'eux, en tant que groupe ?

— Je ne les appelle plus, ai-je répliqué. Tout est devenu "incorrect", on dirait. Si tu me donnes un morceau de savon et que tu m'indiques où je peux trouver de l'eau chaude, j'irai me laver. J'en ai assez de me promener avec la figure sale.

— Oui, c'est dur, hein ? Maintenant, tu sais ce que c'est que le délit de sale gueule. »

Un type hérissé de dreads est parti d'un éclat de rire. « Et toi, la Chauve, comment tu connais ça ? T'es blanche comme un drap trempé dans de la lessive qui lave plus blanc que blanc. Tu te regardes plus dans la glace, ou quoi ? »

La fille chauve a rougi. « Tu es trop tolérant, Kenroy. J'en ai marre de me battre pour toi. »

Le sourire de Kenroy s'est évanoui. « Écoute-moi bien, poupée, je vais te dire une chose. Moi, j'aime les femmes qui ont des cheveux sur la tête. J'en ai assez de me réveiller le matin à côté d'un crâne. Si c'est pour voir un squelette, je vais au British Museum. » Les gens autour ont retenu leur souffle quand il a crié en s'éloignant : « T'as compris, la

Chauve ? Je me casse ! Je passerai plus tard pour récupérer mon Sony et mes chaussettes ! » La fille s'est élancée derrière lui. Il s'est retourné et ils se sont enlacés ; lui, caressant sa tête chauve, elle l'embrassant dans le cou.

Je me suis dit qu'il était temps de quitter cet endroit où, apparemment, je semais la discorde, mais je ne savais pas où aller. La nuit tombait et les voitures tournaient autour de Trafalgar Square comme des Peaux-Rouges encerclant un convoi de chariots.

Pleurant presque de froid, j'ai voulu m'abriter du vent au pied d'un lion. J'étais trop grande, hélas, pour pouvoir me recroqueviller entre ses pattes. J'avais envie d'être enveloppée, à l'intérieur d'un espace plus petit qu'une place publique.

Je me suis rappelé des films que j'avais vus, où l'on montrait des gens subissant de terribles privations – ballottés sur la mer pendant des semaines, ou internés dans des camps de prisonniers. Il me semblait que les survivants chantaient, jusqu'à ce que leur langue trop enflée les en empêche. J'ai essayé. Doucement, j'ai fredonné :

*Tout ce que je veux, c'est une chambre à moi*
*Bien fermée pour que j'aie pas froid*
*Et un énorme fauteuil*
*Oui, ce serait merveilleux*[1] *!*

Je me suis tue quand un jeune couple s'est approché de moi. La fille était presque jolie, coiffée d'un

1. Traduction extraite du film musical *My Fair Lady*, de George Cukor.

chapeau bleu à voilette. Elle grelottait dans son tailleur bleu assorti, tout froissé, trop léger pour le mois d'octobre. Des confettis s'échappaient de ses cheveux fouettés par le vent. Le jeune homme marchait d'un pas mal assuré. Il tirait constamment sur le col trop serré de sa chemise blanche, son visage était rouge de colère. Des mains peu délicates lui avaient infligé une méchante coupe en brosse. Un œillet rose se fanait à la boutonnière de son costume gris.

Il a dit : « Ça y est, tu as vu les fontaines. On peut rentrer à l'hôtel maintenant ?

— Oh, Mikey, on vient seulement d'arriver… Si on se promenait un peu ?

— Vas-y si tu veux. Moi, je suis crevé. Je m'assois ici. »

Mikey a allumé une cigarette en regardant sa nouvelle épouse faire quelques pas embarrassés sur la place. Un pigeon s'est posé sur sa tête. Il a poussé un roucoulement aigu, puis m'a regardée du coin de l'œil, conscient d'être ridicule.

« Tu es contente maintenant ? a-t-il lâché avec mauvaise humeur quand sa jeune femme est revenue à ses côtés.

— Pourquoi es-tu en colère contre moi, Mikey ? C'est notre lune de miel, tu devrais être heureux. Moi, je le suis, a-t-elle ajouté sans trop de conviction.

— Je déteste Londres. Je te l'avais bien dit, non ?

— Mais ce n'est pas toi qui payes. Mes parents nous ont offert le voyage.

— Oui, eh bien, je vais te dire une chose, Emma, a-t-il répliqué, le visage écarlate. J'aurais préféré avoir l'argent plutôt que Londres. Qu'est-ce qu'il nous en restera une fois qu'on sera rentrés à Leeds, hein ?

— De beaux souvenirs.

— J'ai froid, a-t-il grogné. Tu as la clé de la chambre ? »

Elle a ouvert sa pochette en plastique bleu et en a sorti un gros triangle de Plexiglas, auquel était accrochée une petite clé.

« À quoi ça rime ? a-t-il encore maugréé. Un porte-clés plus gros que la clé… Fais ce que tu veux. Moi, je rentre.

— Je viens avec toi. » Elle a glissé son bras sous le sien et ils se sont éloignés. Elle ne cessait de lever gentiment les yeux vers lui, mais pas une seule fois le tyran n'a daigné sourire à son humble sujet. Et ce n'était que le début.

Je me suis retenue de courir derrière lui et de lui envoyer un grand coup dans le dos. Là, au moins, il aurait une bonne raison de jouer les martyrs. Je ne suis pas quelqu'un d'agressif, normalement. Mis à part l'unique meurtre que j'ai commis, je n'ai jamais fait de mal à personne. J'ai donc décidé que mon changement d'humeur était à mettre sur le compte de la faim et du manque de nicotine.

J'ai dû partir quand un groupe d'Américaines en combinaisons de plongée ont sauté dans les fontaines en éclaboussant les gens tout autour. C'était pour tenir un pari. Un passant mouillé et mécontent a appelé la police, mais j'ai filé avant l'arrivée du fourgon. Je suis retournée dans Charing Cross Road pour regagner mon territoire. Londres tout entier me ramenait à mon estomac vide : images de Big Mac sur les immeubles, pizzas dans les vitrines le long des trottoirs, poulets sur les autobus, nouilles chinoises à l'arrière de camionnettes… Quand les gens ne mangeaient pas, ils fumaient, ils buvaient, ou, simplement, ils me paraissaient bien au chaud dans leurs vêtements. J'avais envie de pleurer. Pourtant, aucune larme ne venait. Je me suis mise à courir mais mon soutien-gorge a craqué et est remonté au-dessus de mes seins, dont le froid hérissait les pointes comme des Carensac à la réglisse. J'étais maintenant obligée de marcher en croisant les bras. J'ai scruté le trottoir pour chercher une épingle de nourrice, mais n'ai trouvé qu'un pin's cassé sur lequel était écrit « I love London ».

Un gémissement étrange accompagnait mes pas, comme un enfant qui pleurniche. J'avais beau regarder à droite, à gauche, devant, derrière, je ne voyais pas d'où il venait. J'étais seule.

# 8

## Secrets de famille

Après le départ de l'inspecteur Sly, John Dakin s'enferma dans sa minuscule chambre et enclencha le verrou. Il entendait sa sœur, Mary, qui pleurait dans la sienne, beaucoup plus spacieuse, de l'autre côté du couloir. En bas, au salon, son père trempait de ses larmes les coussins en tissu synthétique du canapé. John avait essayé de le consoler en administrant une claque vigoureuse sur ses épaules secouées de sanglots. N'obtenant aucune réaction, il l'avait abandonné à son chagrin.

Il fit sauter la serrure du journal de sa mère. C'était pathétique : un coup de tournevis suffisait.

Mercredi 30 décembre
Si quelqu'un a découvert ce journal et est en train de le lire, je vous en supplie, arrêtez. S'il vous plaît, remettez-le où vous l'avez trouvé. Vous lisez encore ? C'est toi, Derek ? Ou Mary ? Ou John ? Qui que vous soyez, je vous en prie, arrêtez.

John continua à lire. Rien n'aurait pu le dissuader.

J'ai décidé de vivre une autre vie. Je me donnerai un nom différent, et les jours de semaine, entre

9 heures du matin et 4 heures de l'après-midi, je serai quelqu'un d'autre. Le soir et les week-ends, je serai la femme de Derek et la mère des enfants. Ma nouvelle vie ne coûtera rien. Il me faudra une sorte de déguisement. J'ai toujours vécu dans cette ville et trop de gens me connaissent.
Mon nouveau nom : Lauren McSkye.

Jeudi 1er janvier
Bonjour, c'est Lauren McSkye qui écrit. Je suis une artiste. Je n'ai pas peint un seul tableau depuis que j'ai quitté le lycée, mais je suis quand même une artiste.

Samedi 2 janvier
Mon déguisement, acheté à la boutique de charité « Aidez les personnes âgées » :
Coût total : 3,17 livres
Perruque de Cléopâtre (noire)
Imper vinyle (noir)
Borsalino (noir)
Lunettes de soleil
Nécessaire à maquillage Mary Quant (seule l'ombre à paupières bleue a été utilisée)
Lauren McSkye est partie en week-end. Je crois qu'elle travaille à des esquisses, quelque part dans le comté de Cumbrie.

Dimanche 3 janvier
Lauren revient demain matin ; quand les barbants seront partis.

Lundi 4 janvier

Bonjour, me revoilà. Les barbants sont au travail et au lycée. J'ai aidé Coventry à ranger la maison, puis j'ai mis mes vêtements dans un sac et j'ai pris le bus pour aller en ville. Coventry est entrée dans les toilettes d'un café, Lauren est ressortie et s'est maquillée devant la glace au-dessus du lavabo. Un peu plus loin, Coventry a croisé une personne de sa connaissance. Pour tester le déguisement, elle l'a bousculée. La personne a protesté en s'écriant : « Vous êtes pressée ou quoi ? » Lauren s'est excusée. Elle a la voix plus grave que Coventry et un accent neutre, ni britannique ni américain. « Pardon, a dit Lauren, j'étais distraite. Je pensais à un tableau auquel je travaille. Je suis une artiste. Nous avons tendance à partir dans l'abstraction. »

La personne n'a pas bien compris l'explication, mais elle s'est calmée et a continué son chemin. Il se trouve que cette connaissance était la belle-mère de Coventry. Lauren a ri comme une bossue, et vogue la galère.

Mardi 5 janvier

Lauren s'est inscrite à un cours d'art plastique pour adultes ce matin. On lui a fait répéter plusieurs fois son nom. À la fin, elle a dit : « Comme Lauren Bacall, sauf que moi, c'est Lauren McSkye. »

Quand on lui a demandé s'il fallait écrire Madame ou Mademoiselle, elle a répondu : « Ni l'un ni l'autre. Lauren McSkye, c'est bien. »

Elle fréquentera les cours les lundis et mercredis entre 10 heures et 12 h 30, et ensuite, elle déjeunera au self avec ses collègues artistes.

Mercredi 6 janvier

Lauren n'a pas pu aller à son premier cours aujourd'hui parce que l'un des barbants avait 38,5 de fièvre et est resté au lit. Elle était très en colère. Coventry a préparé un pichet d'eau citronnée à l'orge pour le barbant. En toutes circonstances, elle se montrait aimante, patiente, maternelle.

Jeudi 7 janvier

Lauren exige de pouvoir sortir. Coventry est moins aimante avec le barbant.

Samedi 9 janvier

Lauren ne cesse de se disputer avec Coventry. Elles sont toutes les deux épuisées. Le barbant est toujours en haut et se plaint maintenant d'être délaissé.

Dimanche 10 janvier

Lauren hurle : « Laissez-moi sortir ! » Coventry n'a pas dit un mot de la journée.

Lundi 11 janvier

Lauren est allée à son premier cours aujourd'hui. Les autres élèves sont un mélange de retraités, de cadres licenciés et de jeunes au chômage.

La tenue insolite de Lauren a séduit la classe. On a apprécié son authentique look d'artiste. Dans son refus d'ôter ses lunettes de soleil, on a vu la marque d'une forte personnalité. Elle s'est déjà entichée de son professeur. Il s'appelle Bradford Keynes. Il est mince et pâle, il a une barbe très longue et ne se soucie pas de son apparence vestimentaire. Bradford est passionné par le trait. Il a fait dessiner des formes circulaires à la classe. Remarquant que la production de Lauren avait malgré tout un aspect anguleux, Bradford lui a dit de se « décoincer ».

John arrêta de lire le journal de sa mère et attrapa le sien. Il remonta au début du mois de janvier.

Quand il referma les deux carnets, il se sentait trahi, profondément affligé. Il se frotta les yeux mais ne put refouler les grosses larmes tièdes qui roulaient sur son visage. Il avait toujours cru que sa mère était quelqu'un de sympathique.

## 9

## Envie folle d'une cigarette

Le feu était en panne au coin de la rue, près du gratte-ciel de Centre Point, et une femme policier essayait de contrôler le flot des voitures enchevêtrées avec de grands gestes des bras, des mains et autres mouvements du corps. Impressionnée par ses gesticulations, je me suis arrêtée pour la regarder.

Puis j'ai vu qu'elle aussi me regardait. Ou plutôt, me remarquait, de cette manière si particulière qu'ont les policiers. Quand elle a parlé dans sa petite radio, j'ai paniqué. Je suis partie en courant et j'ai tourné dans la première rue que j'ai croisée. Je m'imaginais déjà poursuivie par des voitures de patrouilles et par une horde de représentants de l'ordre. Je voyais des hélicoptères équipés de puissants projecteurs me chasser de leurs faisceaux.

Quand je n'ai plus eu la force de courir, j'ai marché, et quand marcher est devenu impossible, je me suis assise sur les marches de l'Association des malades et insuffisants cardiaques pour reprendre mon souffle. La place où j'avais échoué s'appelait Tavistock Square. Encore une place… Combien allais-je donc en visiter ainsi ?

J'ai compté cinq mégots sur le trottoir au pied des marches. (Peut-être était-il interdit de fumer dans les bureaux des insuffisants cardiaques.) Il y avait aussi une cigarette dont on avait à peine tiré quelques bouffées avant de la jeter. J'ai beau être une maniaque de la propreté, je l'ai ramassée et j'ai retrouvé un sentiment familier en la tenant entre mes doigts.

Bientôt, j'ai vu arriver une femme qui fumait. Elle était vieille, grosse, bien habillée, vêtue d'un manteau rouge et d'une grande écharpe à motif cachemire.

« Excusez-moi… Vous auriez du feu ?

— Oh, vous m'avez fait peur, à vous précipiter sur moi comme ça… »

Elle a sorti un briquet imitation écaille de tortue de son sac à main et l'a allumé. Approchant mon visage de la flamme, j'ai aspiré la fumée.

« Nous sommes une espèce en voie d'extinction, a dit la femme. On ne rencontre plus beaucoup de fumeurs de nos jours.

— C'est ma première cigarette depuis vingt-quatre heures…

— Vous essayez d'arrêter, c'est ça ? »

J'ai répondu d'une voix étouffée : « Je n'ai pas d'argent.

— Vous me semblez être dans l'embarras, en effet.

— Oui…

— Je vais vous donner quelque chose. » Elle a fouillé dans son sac et, au lieu de l'argent que j'espérais, m'a tendu une petite carte de visite.

Celia Heartslove
*Voyante financière pour les stars*

« Venez me voir quand vous serez sortie de l'ornière, a-t-elle dit. Je gère les portefeuilles de gens très connus, et vous, vous avez une aura nettement positive. Vous allez devenir quelqu'un. Au fait, qu'est-ce que vous avez sur le visage et sur les mains ?

— C'est de la suie, ai-je expliqué. Je suis ramoneuse. »

Elle a ri. « Ça existe encore, les cheminées ? En voilà, une surprise ! Moi, je me suis fait ligoter les trompes et boucher mon conduit il y a des années. Au revoir. »

La cigarette m'a réchauffée, m'a apaisée, m'a revigorée et a calmé les douleurs que me causaient la faim. Dès que je l'ai terminée, j'en ai aussitôt voulu une autre et je suis partie en quête d'un mégot. J'en ai trouvé cinq près d'un arrêt de bus, ainsi qu'un paquet de cigarettes vide, une moitié de peigne et deux pence et demi. Je me sentais mieux maintenant que je possédais quelque chose. J'ai glissé mes petites acquisitions dans le paquet de cigarettes, et j'étais presque joyeuse quand j'ai repris mon errance au hasard des rues. À dix heures, je me suis faufilée dans une ruelle pour soulager mes entrailles. Je me suis essuyée avec des feuilles que j'ai arrachées sur le mur. Comme je l'ai déjà dit, je suis une maniaque de la propreté.

La pluie avait laissé des flaques sur les trottoirs. J'y ai trempé mes doigts et je les ai léchés pour me désaltérer en poursuivant mon voyage sans destination.

# 10

## Le journal local

Couteau à Pain découvrit la photo de sa fille en première page du journal du soir. « Elle y est », dit-elle. Puis elle tendit le journal à son petit mari rondouillard.

« Écœurant, déclara-t-il, après avoir lu la page en entier.

— Ce sont les mauvais gènes qui ressortent. » Couteau à Pain faisait référence à la mère de son mari, Ruby, qui était décédée, mais était autrefois connue pour avoir fréquenté des pubs mal famés et engendré de nombreux enfants, dont un, métis, qui habitait maintenant Cardiff. Ruby ne s'était jamais mariée.

Balle de Tennis était donc un fils illégitime. Il ignorait tout de son père et ne voulait surtout pas savoir, non merci. Quand Ruby était sur le point de mourir, juste avant la fin, elle l'avait fait appeler, mais il n'y était pas allé. Il craignait de devoir recueillir une confession ou de subir quelque contact physique malsain.

« Il paraît que ça saute souvent une génération, hein ? dit-il.

— CQFD », répliqua Couteau à Pain.

Balle de Tennis se leva du canapé, passa dans la cuisine et déposa le journal dans la poubelle sous l'évier.

Ce qu'on ne voit pas, on n'y pense pas.

LA MÉNAGÈRE MEURTRIÈRE
POURRAIT ENCORE FRAPPER

Les habitants du lotissement des Chemins Gris se remettent difficilement du choc qu'ils ont reçu aujourd'hui en apprenant que l'une de leurs voisines, Coventry Dakin, était recherchée pour le meurtre de Gerald Fox, découvert mort hier à son domicile. Le mari de l'accusée, Derek Dakin, questionné par notre envoyée spéciale, Sandra Topping, a déclaré : « Ma femme a toujours été une personne douce et timide. La seule explication possible, c'est qu'elle souffre d'une maladie mentale. » Était-il au courant d'une éventuelle liaison entre sa femme et la victime ? « Je ne sais que penser, a répondu Mr Dakin. Coventry ne s'est jamais intéressée à aucun homme jusqu'à présent. » Mr Dakin – tiré à quatre épingles, crâne dégarni, lunettes sur le nez –, chef de fabrication à l'usine de chaussures Hopcroft Shoes Ltd., s'est effondré, en larmes. « Elle était littéralement incapable de tuer une mouche. S'il y en avait une dans la pièce, je devais la faire sortir par la fenêtre avec un journal. »
Les enfants de la blonde meurtrière, John, 17 ans, et Mary, 16 ans, se sont temporairement réfugiés chez leur grand-mère, Mrs Edna Dakin, qui habite un modeste logement de retraitée. « C'était quelqu'un de très secret, a déclaré Mrs Dakin. On ne savait jamais ce qu'elle pensait. »

L'épouse de la victime, Mrs Carole Fox, était aujourd'hui à l'hôpital où on lui a administré de fortes doses de calmants. Ses enfants, témoins de l'atroce assassinat, ont été confiés à la garde d'amis de la famille. Mr D. J. Broadway, directeur de l'école primaire John-Kennedy que fréquentent les enfants, a déclaré : « J'imagine qu'ils manqueront la classe pendant quelques jours. » Interrogé à propos du meurtre, il a répondu : « Il n'y a pas de maison de quartier aux Chemins Gris ; les gens n'ont rien à faire le soir. »

La police du comté a émis un avis de recherche qui décrit Coventry Dakin comme suit : « Taille : 1,73 mètre. Mince, blonde. Couleur des yeux : marron. Lors de sa dernière apparition, elle était vêtue d'un pantalon pattes d'éléphant bleu et d'un sweat gris portant le dessin d'une tortue. »

Un porte-parole de la police a exposé les divers mobiles susceptibles d'expliquer le meurtre. « Coventry Dakin a peut-être cédé à un mouvement de colère quand Gerald Fox lui a annoncé que leur liaison était terminée. Ou bien elle appartient à une organisation secrète de féministes fanatiques qui ont juré d'éradiquer les hommes. » Quant aux preuves à l'appui de cette dernière hypothèse, le porte-parole a déclaré : « D'après les informations que nous détenons, Dakin s'est noirci le visage, à la manière de certains terroristes, avant de s'en prendre sauvagement à Gerald Fox. » Il a ajouté : « Elle pourrait frapper à nouveau. »

## 11

## Coventry Tittie

Jeudi, aux alentours de minuit, j'ai été envahie par une bouffée d'optimisme. Et s'il n'était pas mort ? Après tout, comment une stupide figurine en plastique pourrait-elle tuer un gros homme d'un mètre quatre-vingts ? J'ai attrapé un journal que je ne connaissais pas dans une poubelle, le *Standard*. On n'y parlait pas de mon meurtre. La presse londonienne ne s'intéressait peut-être pas aux affaires criminelles en province… Pourtant, d'autres morts violentes y étaient rapportées : des gens écrasés sous des machines agricoles, prisonniers de camions en flammes, noyés dans d'anciennes carrières.

Après avoir lu le journal, je l'ai glissé dans mon sweat, où il a rempli une double fonction : me tenir chaud et former un rempart devant les pointes de mes seins hérissées par le froid. Je ne l'ai pas encore mentionné, mais, même si j'étais sale et mal habillée, j'avais reçu de nombreuses propositions de la part d'hommes que je croisais sur mon chemin. Tous des messieurs respectables, parfaitement ordinaires. Certains avaient ouvert la portière passager de leur véhicule pour m'inviter à monter. Plusieurs voitures comportaient des sièges bébés à l'arrière. Pourquoi de tels hommes essayaient-ils d'embarquer une inconnue qui sentait mauvais alors qu'ils étaient probablement attendus chez eux par une épouse parfumée ? Je me suis alors rappelé que ma tenue soulignait mes formes. J'étais un concentré d'hormones femelles en marche, un instrument servant à activer chez l'homme le souvenir de ses besoins biologiques et de ses désirs primaires. Une belle femme n'est jamais prise au sérieux, sauf par elle-même.

Mon apparence physique a toujours été une source de honte pour mes parents. Quand j'étais petite, ils tentaient délibérément de m'enlaidir, en massacrant mes boucles blondes qui étaient ensuite dissimulées sous de vulgaires bonnets en laine. Pendant la semaine, je portais des uniformes d'écolière trop grands dans lesquels mon corps disparaissait, et le week-end des gilets rétrécis au lavage et des jupes plissées défraîchies.

Je suis vite devenue une bête curieuse. Quand j'avais douze ans, mes seins ont grossi à une vitesse stupéfiante. Moi qui jouais librement sur la pelouse du collège, je me suis retrouvée d'un coup blottie dans un coin, le dos rond, les bras repliés sur ma poitrine. L'été, y compris lors de chaleurs torrides, je ne quittais pas mon chandail ; les sports étaient une épreuve, les douches une torture. Je me ruais dans les vestiaires en fermant les yeux. C'est une fille jalouse, grande et maigre, du nom de Tania Draycock, qui a changé mon surnom « Coventry City » en « Coventry Tittie ». À l'âge de quinze ans, mes seins étaient énormes ; même sanglés et comprimés, ils se dressaient comme un affront. Les professeurs, affolés, détournaient les yeux, et les inconnus les fixaient d'un regard fasciné.

Mon entourage était constitué de gens simples que ne séduisaient ni les rubans dans les cheveux ni les chaussures de couleur. Les vêtements leur servaient de camouflage plutôt que d'ornement. Aussi, à seize ans, ce n'est pas pour des raisons d'ordre intellectuel que j'ai adopté la mode beatnik, mais par pur sens pratique. Les beatniks portaient d'énormes pulls lâches et de grands manteaux parfaitement indiqués pour effacer la poitrine. Pour la première fois depuis des années, j'ai pu enfin me détendre, cesser de me tenir voûtée, décroiser les bras, et j'ai commencé à lire les livres que je serrais avant contre moi pour compléter mon armure.

Mon apparence m'était parfois utile. Grâce à elle, j'ai décroché un poste d'apprentie secrétaire dans une usine de cartons. Je n'avais aucune autre qualification. « Enlève donc ton manteau, m'a dit Mr Ridgely, le patron. Fait chaud ici. » J'étais jeune et naïve. J'ai enlevé mon manteau… et croisé les bras. Le front de Mr Ridgely s'est couvert d'une sueur qu'il a essuyée avec un mouchoir bordeaux. « Tu veux bien monter sur mon bureau pour ouvrir cette fenêtre là-haut ?… »

Comme je n'avais aucune expérience des hommes, je me suis exécutée. Mr Ridgely, lui, n'a pas bougé de sa chaise. Quand je me suis penchée pour ouvrir la fenêtre, un vent glacé s'est engouffré dans la pièce et a fait voler des papiers tout autour. Mr Ridgely regardait sous ma jupe. Nos yeux se sont croisés, le mouchoir bordeaux est réapparu.

« C'est bien, a-t-il déclaré. Tu peux commencer lundi. »

Pendant les deux années qui ont suivi, j'ai continué à croire que Mr Ridgely n'avait pas fait exprès de lorgner sous ma jupe. Je pensais aussi que c'était un homme particulièrement maladroit, qui ne cessait de me bousculer et de se planter en travers de mon chemin. Un jour, alors que nous accrochions les décorations de Noël, il est tombé d'une échelle, sur moi, et nous nous sommes retrouvés par terre sur le lino. Mr Ridgely, toujours allongé sur moi, a mis très longtemps à se relever.

« Restons comme ça un moment… a-t-il marmonné dans mon cou. Je suis fatigué. J'ai besoin de me reposer. Ma femme est très exigeante ; elle ne me laisse pas dormir. »

Et moi, jeune et stupide, j'ai cru qu'il voulait dire que sa femme l'obligeait à bricoler jusqu'à très tard dans la nuit. J'imaginais Mr Ridgely en train de tapisser son grenier de laine de verre à la lumière d'une torche électrique.

## 12

## Sur la plage

« Je crève de faim ! s'exclama Sidney. On va attendre encore combien de temps ? »

Sidney et Ruth étaient assis à la terrasse d'une paillote, au bord d'une plage près d'Albufeira. Une heure et demie plus tôt, une femme d'âge mûr à l'air distrait, vêtue d'une robe à fleurs, avait pris leur commande, et elle n'était toujours pas revenue. Un petit enfant leur avait apporté du pain, du beurre et des tomates en tranches. Puis il s'était précipité dans la mer en poussant des cris aigus.

Le cuisinier, un extraverti en proie à une agitation extrême, portait une casquette de capitaine, un string de bain et des claquettes orange. Pendant tout ce temps-là, sans s'occuper de ses fourneaux, il s'amusait à tirer de l'eau d'un puits au moyen d'un seau, et à arroser les tables et les têtes de ses clients portugais. Il les obligeait ensuite à se lever pour boxer avec lui, puis les serrait dans ses bras, commandait une bouteille d'une voix tonitruante, et buvait un coup avec eux à leur table mouillée.

« Ce doit être une coutume locale, Sid, dit Ruth.

— S'il me balance un seau d'eau, je lui en colle une. Ça, c'est notre coutume à nous, dans les East Midlands. »

Ruth soupira en se tournant vers le paysage, presque aussi beau que dans la brochure. Tout y était : sable clair, rochers flamboyants, ciel azur et mer bleu sombre. La brochure vantait les modestes restaurants de plage où le poulet piri-piri « vous fait venir l'eau à la bouche ».

Des insectes tombèrent du toit de paille tressée sur la tête de Sidney. Ruth les regarda courir dans ses cheveux, mais elle ne dit rien. Elle avait trop chaud, à quoi bon. Au fond de la paillote, le cuisinier se leva, rejeta la tête en arrière et posa un verre de brandy en équilibre sur son front. Une vieille femme édentée vêtue de noir applaudit, et bientôt tous les clients, sauf Sidney et Ruth, furent debout, frappant dans leurs mains et tapant du pied sur le sol de planches grossières pour encourager l'artiste.

« Je n'ai jamais vu un frimeur pareil », chuchota Ruth.

Sidney lui répondit sans desserrer les dents : « Attention, il arrive. Ne le regarde pas. »

Trop tard. Le cuisinier s'approcha de leur petite table branlante. Il vint frotter son ventre brun et poilu contre le bras pâle, si anglais, de Ruth.

« Ça va ? Américains ? beugla-t-il.

— Non, ça ne va pas, s'écria Sidney, et on n'est pas américains, et on veut manger !

— Ah, *ingleshe*, Bobby Charlton… oui ?

— Oui ! répondit Sidney, qui détestait le football.

— Le président Reagan… oui ?

— Non, dit Sidney. Margaret Thatcher.

— Winston Churchill ?

— Il est mort. Morto.

— La princesse Diana… Rolls-Royce ?

— Oui, et pendant qu'on y est, mon vieux, du poulet piri-piri, s'il vous plaît, avec des pommes de terre, de la salade, et une bouteille de vinho verde frais. Enfin, si c'est pas trop vous demander. Parce que ça fait juste deux plombes qu'on est là à regarder vos conneries, espèce de gros lard. » Sidney débita tout cela avec un sourire charmant. Le cuisinier ôta le verre de son front, le vida d'un trait, et asséna à Sidney une tape aussi amicale que douloureuse sur la tête, tuant les insectes. Il hurla ensuite des ordres à la vieille édentée. Aussitôt, elle attrapa un poulet qui passait par là et lui tordit le cou, après que le volatile eut opposé une courte résistance.

Une demi-heure plus tard, les morceaux du malheureux poulet rôtissaient à la broche au-dessus du barbecue et la table avait été mise. Une bouteille de vin d'un vert tendre fut posée devant eux. Le petit enfant ressortit de la mer, fila dans la cuisine et leur apporta une grande salade fraîchement lavée. La vieille servit un plat de petites pommes de terre en robe des champs. Le sel et le poivre apparurent, suivis d'une sauce au beurre, et enfin, le poulet, croustillant, grillé à souhait, fleurant le citron et l'ail.

Ils commencèrent à manger, et ils étaient parvenus à la moitié de leur repas quand un seau déversa une eau glacée dans leurs assiettes et en emporta le contenu.

## 13

## Calcutta

Lorsqu'on a faim, on ressent bien sûr un vide dans l'estomac, mais le pire, c'est le sentiment de panique qui envahit la tête. Je suis proche du désespoir, l'idée de voler quelque chose à manger ne m'est plus inconcevable. Je deviens rusée… un vrai renard : les yeux fixés sur un régime de bananes, juste à l'entrée d'une supérette ouverte vingt-quatre heures sur vingt-quatre. L'épicier, un beau garçon asiatique, lit un journal en indien. Il a l'air gentil ; je ne peux pas lui faire ça. Je franchis la porte et lui demande une banane.

La lumière fluorescente tombe sur mon visage et mes mains noirs de suie. Le garçon lève les yeux ; il est un peu inquiet.

« Elles coûtent vingt-cinq pence pièce », dit-il. Et il ajoute : « Quelle que soit la taille. »

Je choisis une banane, la plus grosse du régime, et je l'apporte à la caisse. Le tiroir tinte en s'ouvrant. Quand le garçon tend la main, je lui donne deux pence et demi.

« Je n'ai plus d'argent. J'ai très faim. »

Le garçon secoue la tête. Il a les cheveux luisants. « Désolé. Vous êtes la troisième ce soir.

— S'il vous plaît, je vous rembourserai…

— Non.

— Je vous en supplie.

— Non. Allez-vous-en. »

J'épluche la banane.

Avant que je n'aie le temps de la mettre dans ma bouche, il me l'arrache des mains. Je la lui reprends. Mais la banane m'échappe et tombe, pendant que le garçon essuie ses doigts poisseux sur sa salopette avec un air de dégoût.

« Vous êtes une sale bonne femme. Et une voleuse !

— J'ai faim, dis-je. Je n'ai jamais eu aussi faim de ma vie.

— Tant mieux. Maintenant vous savez ce que c'est ! crie-t-il. Moi, je viens de Calcutta. Tout le monde a faim là-bas. »

Un Indien aux cheveux blancs apparaît sur le seuil d'une porte, à l'arrière du magasin. Sur ses traits se lit la fatigue de quelqu'un qui est au bout du rouleau. Le garçon ramasse la banane et la jette dans une poubelle sous la caisse.

Il aurait pu me la donner, quand même.

## 14

## Un foyer brisé

Assis sur le lit conjugal, Derek Dakin ôta son pantalon, ses chaussettes et ses chaussures. Il eut du mal à dénouer ses lacets à cause de ses mains qui tremblaient. Puis il se leva, ouvrit le placard et suspendit soigneusement son pantalon sur un cintre en bois du côté droit de la tringle.

Les habits de Coventry, sages et convenables, étaient accrochés du côté gauche. Derek les caressa l'un après l'autre. Le visage enfoui dans la manche du gros manteau marron qu'elle portait depuis onze ans, il respira à fond et sentit un vague effluve de Tramp[1], l'eau de toilette qu'il lui avait offerte pour Noël. La note fraîche et citronnée se mêlait à l'odeur âcre des cigarettes qu'elle fumait.

Il avait toujours su que sa femme le quitterait un jour, mais jamais il n'aurait imaginé que son départ surviendrait après un meurtre.

« Elle était tellement belle, pensa-t-il. Et si bonne. » Alors que lui, avec sa figure quelconque (même avant de perdre ses cheveux), il n'avait

1. Parfum produit par Mayfair, sorti en 1975 et devenu très populaire. Le nom signifie « femme de mauvaise vie, traînée, vagabonde ».

pas une once de bonté. Il était bourré de défauts, nourrissait une foule de rancunes, et passait trop de temps avec ses tortues.

Derek décrocha le manteau de Coventry et l'enfila. Le vêtement lui allait parfaitement. Il se regarda dans le miroir de la porte du placard tout en fermant les petits boutons ronds jusqu'au cou. Puis il glissa ses pieds nus dans les escarpins à talons de Coventry et, d'un pas mal assuré, s'approcha de la commode où il trouva un foulard et une paire de gants. Il les mit aussi. Pendant qu'il y était, il s'aspergea de Tramp. Dans les tiroirs de la coiffeuse de Coventry, il découvrit un bâton de rouge à lèvres et s'en badigeonna la bouche. Retournant devant le miroir, il se regarda encore, les yeux mi-clos. Mais il avait beau essayer, il ne réussissait pas à faire apparaître l'image de Coventry.

Il se déshabilla et rangea tout. Ce faisant, il pensa : « J'ai le cœur brisé. » Il sentait que cet organe, associé depuis si longtemps à l'amour et au romantisme, se détachait, arraché à ce qui le maintenait en place.

« Je vais en mourir », murmura-t-il à sa propre intention.

Ayant enfilé son pyjama par-dessus son caleçon, il se coucha dans le lit, du côté de Coventry, et agrippa l'oreiller comme s'il s'agissait de sa femme elle-même. Il gémit : « Coventry, Coventry » dans les plumes de canard qui étouffaient ses paroles.

Avant de s'endormir, Derek avait l'habitude de raconter à Coventry ce qui lui était arrivé pendant la journée. Elle s'endormait parfois avant qu'il ait terminé. Ces soirs-là, tourné vers elle, Derek contemplait son visage parfait et se félicitait d'avoir cette femme exquise pour épouse.

Parfois, il repoussait doucement les draps, les couvertures et la chemise de nuit de Coventry pour admirer son corps nu. Ce n'était pas le désir qui l'animait. Le sexe, tel un figurant dans le théâtre de leur couple, n'avait jamais occupé le centre de la scène. Non, il était heureux de regarder, tout simplement, et d'éprouver le pouvoir de la possession.

Il ne pouvait pas vivre sans Coventry. Elle le protégeait du monde et de ses nombreuses humiliations. Il mourrait sans doute dans son sommeil cette nuit. Son cœur explosait en morceaux et avait rompu les amarres. Il le sentait distinctement à présent, qui partait à la dérive.

Il imagina John, son fils, téléphonant pour annoncer à tout le monde : « Mauvaise nouvelle. Papa est mort. Il avait le cœur brisé et il a succombé pendant la nuit. » Ses larmes mouillèrent l'oreiller tandis qu'il visualisait les gens affligés à l'enterrement, ses enfants orphelins, son corps à l'intérieur du cercueil, ses collègues en cravate et costume noir, debout devant la tombe ouverte, regrettant maintenant les tourments qu'ils lui avaient si souvent infligés dans l'atelier.

Il se représenta les deux minutes de recueillement qui seraient observées à la prochaine réunion de la Société des amateurs de tortues. Bob Bridges, le président, romprait le silence en déclarant : « Derek Dakin connaissait bien ses tortues » – louange suprême de la part de Bob, qui répétait sans cesse : « Je les connais, mes tortues. »

Mais le meilleur… Lorsqu'elle apprendrait sa mort, Coventry reviendrait et se jetterait sur la tombe fraîchement recouverte de terre. Elle se tiendrait pour responsable, s'arracherait les cheveux, déchirerait ses vêtements et refuserait de bouger, au point qu'il faudrait appeler les autorités pour la relever de force.

Derek fut presque déçu quand il ouvrit les yeux et s'aperçut qu'il était toujours en vie, couché sans avoir éteint la lampe ni s'être lavé les dents. Il sortit du lit et traversa le couloir. Un rai de lumière brillait sous la porte de la salle de bains. Il la poussa – fermée.

« J'en ai pas pour longtemps ! » cria John. Derek arpenta impatiemment le petit corridor. Il redressa quelques photos de trains à vapeur, puis la porte de la salle de bains s'ouvrit et John apparut.

« Oh là là, papa, tu as un drôle d'air. »

Derek répliqua : « Il y a de quoi avoir un drôle d'air, non ? Ta mère a commis un meurtre et s'est enfuie.

— Non, je voulais dire… Ça me fait bizarre de te voir avec du rouge à lèvres.

— C'est celui de ta mère. J'ai…

— Pas de problème. Ne te sens pas obligé d'expliquer. On est en 1988, tu sais. Il est très bien, le rouge à lèvres, et le parfum aussi. »

Parce qu'il regardait beaucoup de feuilletons américains, John savait comment réagir. Il serra son père dans ses bras et dit encore : « T'inquiète », puis il s'enferma dans sa chambre.

Derek entra dans la salle de bains pour enlever le rouge à lèvres avec un gant de toilette. Une fois débarbouillé, il alla frapper à la porte de John.

« John, c'est papa. Je vais t'expliquer. »

Mary sortit de sa chambre. Son joli visage était rouge et gonflé, après une longue séance de larmes. « Qu'est-ce qui se passe ? demanda-t-elle. Vous avez des nouvelles de maman ?

— Non, répondit Derek. Rendors-toi. »

John ouvrit la porte. Il évitait de regarder Derek.

« Je n'arrive pas à dormir, dit Mary. Maman me manque. »

Ils se tenaient là tous les trois, en pyjama, gauches et empotés. Mary se sentait doublement affligée. Depuis trois ans, elle était follement amoureuse de Gerald Fox. Il n'avait jamais su ce qu'elle éprouvait pour lui, et maintenant, il ne le saurait jamais.

Finalement, après un silence gêné, les membres de la famille de Coventry regagnèrent leur lit.

# 15

## Terminé en trois minutes

RECHERCHE aide ménagère auprès employeurs
peu conventionnels.
Hébergement sur place. Consommation
de tabac souhaitée.
Présentez-vous en personne pour soumettre
votre candidature au professeur Willoughby D'Eresby,
mais s'il vous plaît, pas à l'heure du feuilleton *EastEnders*.
Gower Street. Pas de numéro, hélas, mais vous trouverez
une grosse urne devant la porte.

J'étais en train d'examiner l'annonce du professeur Willoughby D'Eresby, affichée dans la vitrine d'un marchand de journaux, quand un homme portant un attaché-case m'a accostée. Il était cinq heures du matin. La rue était déserte, d'un noir luisant. La lumière jaune qui filtrait par la devanture a éclairé les chaussures noires à lacets de l'homme. Il s'est éclairci la gorge.

« Vous êtes une professionnelle ?

— Oui, je suis ramoneuse à mon compte. »

Il m'a dévisagée. Il avait l'air bête et gentil. Et déçu, aussi. « Pardon de vous avoir embêtée. »

Il s'est éloigné. Ses talons claquaient sur le trottoir.

Il marchait comme quelqu'un qui n'a aucun but. Debout dans la faible lumière, je l'ai suivi des yeux. Il s'est retourné. Nous nous sommes regardés pendant quelques secondes. Londres m'avait vaincue. J'étais folle de peur et de faim.

Il est revenu vers moi en balançant son attaché-case. À voix basse, il a demandé : « Vous connaissez un endroit où on peut aller ?

— Non, et vous ?

— Un square ?

— Oui, d'accord.

— Il ne fait pas trop froid ?

— Non. »

Il m'a pris la main ; il avait bu. Il m'a demandé comment je m'appelais. J'ai refusé de lui dire mon nom. Lui, c'était Leslie, et il m'a expliqué qu'il avait raté son train. Il lui manquait trois dents. Nous avons marché sans parler jusqu'à un jardin public. Les portes grillagées étaient fermées à clé.

« Vous pouvez sauter par-dessus ? » a-t-il questionné, de sa voix étouffée. Pour toute réponse, j'ai agrippé une branche d'arbre et je me suis hissée sur la grille, très à l'aise dans mes vieux habits et mes tennis, comme si je me préparais à bondir et à enchaîner une série de sauts périlleux dans l'herbe.

Il a grimpé à son tour, plus lentement, avec prudence. « Vous n'avez qu'un seul costume présentable, c'est ça ? ai-je dit.

— Celui-là. Je le réserve pour les entretiens. Mais je n'ai pas trouvé de boulot… »

Dans le jardin, il m'a repris la main en chuchotant : « Je n'aime pas le noir. » Les arbres dansaient au-dessus de nous quand nous nous sommes couchés par terre. Il s'est mis à pleuvoir.

« Ça sent la suie, a-t-il fait remarquer.

— C'est moi. »

Il a enlevé sa chemise blanche, et, après l'avoir soigneusement pliée, l'a rangée dans son attaché-case. Il tremblait de froid. Je lui ai conseillé de garder la veste de son costume.

« Non, a-t-il répondu. On va vite se réchauffer. »

Nous sommes restés allongés côte à côte, en silence, puis il a demandé poliment si j'étais prête à commencer. Nous avons commencé, puis continué, puis fini. C'était terminé en trois minutes. Son tricot de corps mouillé luisait dans l'obscurité pendant qu'il reprenait son souffle.

« Merci beaucoup, a-t-il dit quand nous nous sommes séparés pour redevenir deux corps distincts.

— De rien. »

Il aurait pu tout aussi bien me remercier de lui avoir offert un morceau de gâteau fait maison. Le ciel s'éclaircissait et nous avons discuté de ma rémunération. « Je suis fauché », a-t-il déclaré, et il a retourné ses poches comme si je l'avais traité de menteur. Pour mieux me le prouver, il a ouvert son attaché-case. J'ai regardé à l'intérieur.

« Je peux avoir les cigarettes et le Kit Kat, s'il vous plaît ? ai-je demandé.

— Oui. Et j'ai aussi deux livres, en petite monnaie. »

Il m'a tendu les pièces, je les ai pressées contre ma joue. Puis j'ai mangé le Kit Kat et fumé une cigarette, pendant que Leslie me parlait de sa femme qu'il aimait tant. Le jour s'était levé à notre insu. Il faisait clair. Nous nous sommes relevés.

« Je n'avais pas vu que vous étiez si jolie, a-t-il déclaré. Ce sont vos cheveux naturels ?

— Non, c'est une perruque. » Sur ces mots, je me suis précipitée vers le grillage, je l'ai escaladé, et je suis partie, courant toujours, pour chercher la maison du professeur Willoughby D'Eresby.

## 16

## Des employeurs peu conventionnels

« Prononcez Darby, a dit le professeur Willoughby D'Eresby d'une voix éraillée, en m'accueillant sur le perron de sa maison de Gower Street. Ce que vous pouvez être sale, c'est merveilleux… J'en déduis que vous aimez la circulation ? Le bruit, l'odeur ?

— Non.

— Dommage. J'adooore le parfum du diesel ! Je suis au septième ciel quand un semi-remorque rétrograde devant la fenêtre de mon bureau. Bizarre, non ? »

Il a jeté un regard heureux dans la rue envahie par le grondement de la circulation à l'heure de pointe, a inspiré profondément l'air chargé de vapeurs d'essence, puis a lancé son mégot dans une urne près de la porte qui en contenait déjà des centaines et m'a fait signe d'entrer avec un hochement du menton. Il a aussitôt allumé une autre cigarette, a toussé, s'est étranglé, et, les yeux pleins de larmes, m'a demandé : « C'est une Benson que vous fumez là ?

— Oui.

— C'est bien ce que je pensais. J'ai un nez extraordinaire pour reconnaître les cigarettes. »

Il avait un accent de la haute, si prononcé que je croyais entendre une langue étrangère. Quand il parlait, je devais faire un effort d'attention pour le comprendre.

Sur le seuil de la cuisine, il m'a arrêtée en posant une main sur mon bras. « Peut-être devrais-je vous prévenir… Ma femme est psychologue, et, à la maison, elle ne porte que son costume d'Ève. »

Un rire débridé a jailli dans la cuisine, suivi d'une voix stridente : « Arrête tes conneries, Gerard, et amène-la. Elle a déjà vu une femme nue.

— Tu recommences à jurer, Letitia. Il n'est même pas encore midi… »

Le professeur Willoughby D'Eresby m'a entraînée dans la cuisine. Là, sa femme a baissé le journal qu'elle lisait, révélant sa tête, ses épaules et ses seins. Il m'a fallu quelques secondes pour reprendre contenance, mais j'ai réussi à articuler : « Bonjour.

— Asseyez-vous donc, très chère ! J'imagine que vous avez besoin d'un peu de temps pour vous remettre du choc. C'est scandaleux, n'est-ce pas ? »

J'ai jugé préférable de ne pas répondre.

« J'admire énormément ma femme, a déclaré le professeur, sur la défensive. Elle vit comme bon lui semble, voyez-vous. »

Letitia a allumé un gros cigare. « Sans enfreindre la loi, Gerard !

— Oh oui, bien sûr, sans enfreindre la loi », a-t-il répété d'une voix lasse.

J'ai parcouru la cuisine du regard. L'évier était envahi par des colonies de mouches. Diverses boîtes en carton de chez Marks & Spencer gisaient sur le sol, vestiges d'un repas oriental pour deux. Des pyramides de mégots de cigares et de cigarettes, en équilibre précaire, emplissaient les cendriers. Une substance de nature comparable à la pénicilline se développait dans les bouteilles de lait.

Je me suis assise à la table ; mes semelles collaient au carrelage. J'essayais de retenir ma respiration. Une conduite d'évacuation devait être bouchée quelque part. Letitia Willoughby D'Eresby a lu tout haut un article du journal, où il était question d'enfants maltraités. Son mari écoutait attentivement en lâchant de temps à autre : « Mon Dieu, c'est affreux ! » Un horrible chat est entré à grands bonds, tourmentant une souris à demi morte qu'il est venu déposer aux pieds de Letitia.

« Oh, regarde, chérie ! Thatcher t'a apporté un petit cadeau !

— Merci, mon vieux Thatcher », a dit Letitia. Puis : « Allons… Nous ne pouvons pas faire attendre cette belle enfant plus longtemps. »

Elle a jeté le journal par terre. Une touffe de poils pubiens grisonnants et des cuisses marbrées sont apparues dans mon champ de vision quand elle s'est redressée pour tourner son fauteuil et se présenter face à moi. J'ai fermé les yeux… « Ainsi que vous pouvez le constater, nous sommes de gros fainéants. Nous ne faisons pas le ménage. Nous ne savons pas cuisiner. Nous fumons comme des pompiers et je me promène en montrant mes vieux nichons qui ressemblent à des gants de toilette. Nous n'arrivons pas à garder nos employés domestiques, n'est-ce pas, Gerard ?

— Nous ne trouvons pas d'employés domestiques, chérie », a corrigé Gerard en souriant à sa femme dont la lèvre s'ombrait d'une moustache.

Letitia lui a rendu son sourire et a continué : « Nous vous donnerons quarante livres par semaine, nourrie et logée, si vous mettez un peu d'ordre et nous préparez un repas de temps en temps… Qu'en dites-vous ?

— Je dis oui.

— Oh, c'est supercalifragilistic ! s'est exclamée Letitia.

— Femme ! a tonné Gerard. Ne prononce jamais plus ce mot en ma présence. C'est un mot mièvre, régressif, et pas du tout convenable.

— Vous avez vu *Mary Poppins* ? m'a demandé Letitia, les yeux brillants.

— Quatre fois.

— Moi, je l'ai vu onze fois au cinéma, et tellement de fois en vidéo que je ne serais pas foutue de les compter. Cette simplicité naïve – pour ne pas dire d'une bêtise inouïe – m'enchante au plus haut point. » Brusquement, l'œil noir et la voix dure, elle a lancé à son mari : « Et c'est un mot parfaitement convenable, il figure dans le dictionnaire d'Oxford… je crois ! En tout cas, s'il n'y est pas, il devrait y être. Autant vous dire que je l'emploie tous les jours. »

Elle s'est levée. J'ai fermé les yeux.

« Allez, Gerard. Bouge-toi et grimpe ce fichu escalier ! »

Letitia et Gerard, la respiration sifflante tous les deux, sont montés devant moi. Je contemplais avec le plus grand intérêt les fesses ballottantes de Letitia, criblées de fossettes, molles comme du flan servi dans deux énormes jattes. Plus haut, au milieu de la volée de marches qui menaient au grenier, j'ai pensé : « Si Derek me voyait, le nez dans le derrière de Letitia. »

En l'imaginant ici, dans cette maison, je me suis mise à rire tout haut. Mes compagnons se sont tournés vers moi et ont ri de concert, mais sans demander d'explication.

« Nous ne venons jamais ici », a déclaré Letitia, ce qui allait sans dire, puisqu'elle me montrait deux petites chambres bien rangées et une moquette qui n'était pas recouverte de cendres. « Vous êtes libre d'agir comme vous voulez, d'écouter votre musique pop, de danser votre hip-hop… Enfin, ce que vous faites, vous, les jeunes.

— J'ai presque quarante ans. »

C'était la première information que je leur donnais sur mon compte. Ils ne m'avaient demandé ni mon nom ni ma situation.

« Si tu portais tes lunettes, Letitia, tu aurais vu les minuscules rides sur le visage de cette chère enfant. *Vanitas vanitatum*, Letitia… »

Le professeur Willoughby D'Eresby a caressé tendrement les fesses de sa femme. Un instant, ils sont restés plongés dans leur rêverie, puis Letitia, trottant de-ci de-là, a ouvert les fenêtres et les vasistas en s'excusant pour les graffitis qui s'étalaient sur les murs blancs.

TIREZ-VOUS PENDANT
QU'IL EST ENCORE TEMPS
caroline
ELLE EST CINGLÉE, IL EST BARJOT
joanne
MÉFIEZ-VOUS DU FISTON
gloria

Gerard a contemplé les graffitis avec un sourire bienveillant. « Nous avons l'habitude qu'on nous traite de "cinglés", n'est-ce pas, chérie ?

— Oh oui, a répondu Letitia en souriant aussi. J'ai travaillé avec Ronnie Laing[1] autrefois.

— Donc vous avez un fils ? » ai-je demandé.

Leurs deux visages se sont assombris. Ils semblaient soudain très vieux, sales et malodorants. Leurs épaules se sont affaissées, ils ont soupiré.

« Keir, a dit le professeur Willoughby D'Eresby, tristement.

— C'est très difficile de l'approcher, a ajouté sa femme. Il est en grande insécurité ontologique. »

Je me suis sentie un peu inquiète. « Où habite-t-il ?

— À l'étage en dessous. » Le professeur a allumé une autre cigarette à celle qu'il venait de terminer avant de la lancer dans le lavabo immaculé. « Nous devons aller travailler. Achetez ce qu'il vous faut, poudres abrasives, sacs en plastique noirs… » Il n'a pas achevé sa phrase – le terrain domestique lui était inconnu. Glissant la main dans la poche de son costume, il a sorti une liasse de billets de cinquante livres.

« Ooh, je peux en avoir un, chéri ? » s'est enquise Letitia.

Il nous a tendu un billet à chacune, puis ils sont descendus se préparer.

Keir le fou était très présent à mon esprit. J'ai tiré le verrou et je me suis assise sur mon lit. Je

1. Ronald Laing, célèbre psychiatre, pionnier de l'antipsychiatrie.

n'avais rien à ranger dans la commode ni dans l'armoire en pin assortie. Pas de joli gant de toilette ni de savon à disposer sur le lavabo. J'étais simplement… là, dans la traditionnelle cachette des fugitifs : le grenier.

J'ai entendu la porte d'entrée claquer en bas et j'ai passé la tête par le vasistas, espérant apercevoir les Willoughby D'Eresby. Le professeur traversait la rue, avec à son bras une femme en élégant tailleur à carreaux gris, aux épaules rembourrées. Elle était perchée sur des escarpins noirs à talons et tenait à la main une volumineuse mallette noire. Elle a dit quelque chose, ils ont ri tous les deux et elle a tourné la tête. C'était Letitia, habillée, arborant un rouge à lèvres écarlate.

Ils ont bientôt disparu et j'ai regretté de les voir partir.

J'étais maintenant seule dans la maison avec Keir.

J'ai collé mon oreille à la moquette pour essayer d'entendre un bruit qui me parviendrait de l'étage au-dessous. Aucun marmonnement délirant, nul monologue halluciné. Peut-être perdait-il les pédales la nuit, et dormait-il le jour. Je l'espérais.

J'avais tellement peur de Keir qu'il m'aurait été impossible de me détendre dans un bain voluptueux, aussi me suis-je contentée de me déshabiller et de me laver au lavabo de ma chambre. L'un des occupants précédents avait oublié un petit flacon de savon liquide Marks & Spencer. J'ai appuyé plusieurs fois sur le poussoir, avec ravissement, et j'aurais continué encore et encore si le flacon ne m'avait pas signalé qu'il était vide en produisant un horrible bruit de succion. Je lavais la suie, les larmes, la pluie, la sueur, et la semence répandue par Leslie la veille. Je me suis rincée jusqu'à me sentir formidablement restaurée, avec l'espoir que mes tribulations et mes péchés s'étaient écoulés dans les canalisations et étaient à présent engloutis sous la terre. Puis, comme je n'en avais pas d'autres, j'ai remis mes vêtements sales et me suis attelée à ma tâche.

Les Willoughby D'Eresby ne m'avaient pas laissé de clé, mais cela n'avait pas d'importance parce que la serrure de la porte d'entrée était cassée. J'ai donc pu aller et venir toute la journée. J'ai fait des courses, j'ai sorti les ordures et j'ai déposé les bouteilles de lait vides sur les marches du perron. Je mangeais sans cesse : des fruits, des bonbons, des chips, deux tourtes au porc. Mais je n'ai pas acheté de journal. Lire un compte rendu de mon crime, écrit noir sur blanc, l'aurait rendu réel. Je téléphonais à Sidney toutes les heures mais n'obtenais aucune réponse.

Dans la cuisine, la gazinière, le réfrigérateur et le lave-vaisselle étaient hors service à cause d'une surabondance de saleté ou de glace. Tout à ma satisfaction d'avoir réussi à les remettre en marche, j'ai oublié Keir pendant au moins dix minutes. Le reste du temps, je l'avais passé à regarder derrière moi en redoutant de sentir une hache se ficher entre mes omoplates.

J'étais en train de gratter la couche de graisse sur le mur de la cuisine avec une spatule quand les Willoughby D'Eresby sont rentrés. En pleine conversation, ils n'ont fait aucun commentaire sur la spectaculaire rénovation de leurs appareils ménagers et ont jeté leurs manteaux sur la table que j'avais longuement frottée, sans me prêter attention.

« Mais, Letitia, la dépression d'Alexandra et, par la suite, sa ferveur religieuse étaient causées par l'hémophilie du tsarévitch. C'est stupide de ta part de considérer qu'il s'agissait d'une simple dépression post-partum. »

Letitia déboutonnait son chemisier. « Raspoutine a profité de la faiblesse de cette pauvre femme victime d'un bouleversement hormonal… Bonjour, ma chère. Vous avez trouvé à vous occuper ? Il fait très clair ici. » Elle a jeté un regard médusé tout autour d'elle et a enlevé sa jupe.

« J'ai nettoyé les vitres. » Jugeant que le reste du mur attendrait, je me suis relevée et j'ai jeté la spatule dans l'évier.

« Je n'avais jamais vu ce carrelage avant », a constaté le professeur, ébahi, un doigt pointé sur le sol fraîchement récuré. Letitia a considéré les tomettes imitation terre cuite en détachant son soutien-gorge. « Bien sûr que si, il est là depuis au moins sept ans. Nous l'avons choisi ensemble… chez Habitat. Au moment où nous passions à la caisse, un homme a fait une crise d'épilepsie sur une pile de tapis indiens.

— Ah oui, je me rappelle maintenant. Tu lui as fendu la langue en enfonçant un bâton de sucette dans sa bouche. »

J'ai sorti un rôti du four et l'ai posé sur la table toute propre. Je m'étais attendue à des exclamations de surprise, peut-être à un ou deux bonds de joie, mais les Willoughby D'Eresby se sont assis en silence et ont englouti d'énormes portions. Ce n'étaient pas des mangeurs discrets ; ils mâchaient la bouche ouverte, sans essuyer la sauce qui leur dégoulinait sur le menton ni même s'en apercevoir. Letitia a terminé la première.

« Il y a quelque chose après ?

— Du riz au lait. » Je me suis levée et j'ai sorti un autre plat du four. C'était parfait : brun et croustillant sur le dessus, crémeux à souhait au-dessous. Le professeur a aussitôt déclaré : « Prems pour la peau ! »

Letitia s'est écriée : « Non, c'est moi ! »

Ils se sont disputé le plat, qui était pourtant encore chaud, en le tirant d'un côté et de l'autre de la table.

C'est à cet instant que Keir est entré dans la cuisine. « *Où sont les cigarettes ?* a-t-il lancé en français.

— Parle anglais devant la domestique, chéri, a dit Letitia. Elle n'a pas d'instruction. »

Keir m'a jeté un regard dénué de curiosité. C'était un jeune homme d'une vingtaine d'années, très grand, pieds nus. Sa tignasse de cheveux noirs retombait sur ses épaules et encadrait un visage qui ressemblait à un mince oreiller gris. Une salopette de femme bleu foncé flottait autour de son corps émacié. Ses ongles de pied étaient trop longs. Il ne paraissait pas capable de soulever une hache, sans parler de la brandir comme un forcené. Letitia lui a tendu ses cigarettes, il les a prises et est ressorti de la cuisine sans un mot.

« Il ne s'alimente plus correctement, a dit le professeur, rompant le silence.

— Depuis quand ? ai-je demandé.

— Depuis que nous l'avons envoyé à Oxford à dix-sept ans, a répondu Letitia.

— Il était incroyablement intelligent, voyez-vous, a repris le professeur, mais il ne voulait pas y aller. Nous avons dû le sortir de la voiture et l'emmener de force jusqu'à son dortoir. Il a fait une scène dans l'escalier, et a dit des choses terribles à sa mère qu'il accusait de l'abandonner.

— Nous n'avions jamais été séparés, même pas une nuit, a expliqué Letitia.

— Deux semaines plus tard, le pauvre garçon avait régressé à un état de non-entité chaotique et il ne s'est jamais vraiment remis.

— Mais il doit bien s'alimenter un peu, ai-je insisté. Sinon, il mourrait, non ? »

Willoughby D'Eresby a tiré une grande bouffée de sa cigarette et a martelé ses arguments en tapant sur la table avec sa cuillère à dessert. « Il ne mange pas avec nous. Il ne sort jamais de la maison. Rien ne disparaît dans les placards de la cuisine. Et personne ne vient jamais le voir. Par conséquent, ma chère, c'est un mystère pour nous qu'il soit encore en vie.

— A-t-il vu un médecin ?

— Oh non, surtout pas. Il a des sentiments très négatifs envers le corps médical.

— Il est très mal en point, me suis-je risquée à dire. Maigre, voire famélique…

— Rien d'étonnant à cela, a tranché le professeur Willoughby D'Eresby sur un ton qui coupait court à la discussion. S'il ne mange pas.

— *EastEnders* », a dit soudain Letitia. Ils se sont aussitôt levés de table, et, renversant leurs chaises dans leur précipitation, ont couru au salon. Après avoir rempli le lave-vaisselle, j'ai décroché le téléphone de l'entrée pour composer le numéro de la villa de Sidney que je connaissais maintenant par cœur. Il était là.

« Sidney ? C'est moi ! » Je criais tellement j'étais soulagée.

« Coventry ? J'ai la police sur le dos. Il paraît que tu as tué un de tes voisins.

— Oui, Sidney, c'est vrai. Qu'est-ce qu'ils ont dit, les policiers ?

— Ils voulaient savoir si tu m'avais appelé. Je leur ai répondu que j'avais débranché le téléphone toute la journée. On vient juste de se lever, a-t-il ajouté. Coventry, tu as foiré le douzième commandement, hein ?

— Qu'est-ce que c'est ?

— Tu aimeras ton voisin comme toi-même. » Il a ri dans le téléphone.

« Sidney, je suis à Londres, mais ne le dis à personne. Tu me promets ?

— Même pas à Derek ?

— Surtout pas à Derek.

— Ne viens pas au Portugal, OK, Cov ? J'ai encore une semaine et je voudrais en profiter tranquillement. Je t'aiderai à mon retour, mais laisse-moi cette semaine, d'accord ?

— Comment pourrais-je venir, Sid ? Je n'ai pas d'argent, pas de passeport ni de…

— Parfait. Appelle-moi quand je serai rentré… Pas chez moi, au magasin. » Il a aspiré une bouffée de sa cigarette. « Ce voisin que tu as tué, il méritait de mourir ? » Il avait posé la question sur un ton parfaitement désinvolte, comme on demanderait : « Du sucre ? »

« Non. Il méritait de recevoir un bon coup sur la tête, mais pas de mourir. Je n'aurais pas dû le tuer. »

Une femme hystérique nous a interrompus en débitant une longue phrase – en portugais, je présumais –, puis la ligne a été coupée.

Derrière moi, une voix a demandé : « Qui avez-vous tué ? »

C'était Keir. Il mâchonnait l'extrémité d'un magazine roulé en cylindre. Il a avalé un morceau de bande dessinée en attendant que je réponde. J'ai fini par dire : « Vous êtes très malade, vous savez.

— Mais pas fou. Pas comme eux, là-bas. »

Il a tourné les talons et est remonté à pas lents dans sa chambre. J'ai posé le téléphone, j'ai grimpé l'escalier, et j'ai frappé à sa porte. Il a ouvert tout de suite. « Je savais que c'était vous.

— Je peux entrer ?

— Non. Personne n'entre jamais. »

Des plumes grises voletaient sur le plancher à ses pieds.

« Votre oreiller est percé ? ai-je demandé en montrant le sol couvert de duvet.

— Mais non, ce sont des plumes de pigeon. Je m'étonne que vous ne les ayez pas reconnues tout de suite. Les gens n'élèvent pas tous des pigeons, dans le Nord ?

— Non. Alors, je ne peux pas entrer ?

— Non.

— Et vous ne voulez pas sortir ?

— Non. Pas besoin. Maintenant que j'ai mes clopes. »

Il a refermé la porte. Une plume s'était échappée dans l'escalier, je l'ai ramassée en descendant. Il y avait du sang sur la queue.

J'ai passé la tête par la porte du salon. Mes employeurs étaient assis sur un canapé en forme de coquille d'huître, absorbés par une conversation entre des Noirs et des Blancs qui s'exprimaient avec l'accent des classes populaires. J'ai lancé : « Je vais prendre un bain. » Willoughby D'Eresby a esquissé un salut hitlérien et je suis partie. Il n'y avait pas de verrou à la porte de la salle de bains mais je me suis barricadée avec un panier à linge en osier et une pile de livres.

Au cours de la journée, j'avais nettoyé la baignoire et le lavabo, et vidé trois bouteilles d'eau de Javel dans les W-C qui exhalaient une odeur fétide. Mais je ne pouvais rien contre le vieux tapis en fibre de coco sous mes pieds ni contre les taches de moisissure qui dessinaient des cartes géographiques aux murs. L'eau chaude coulait en un filet léthargique, des coups sourds ébranlaient la tuyauterie. Jamais je n'avais vu une maison aussi délabrée. Rien ne fonctionnait ; ou alors seulement la deuxième fois, avec bruit, fumée ou décharge électrique. Ici, il fallait du courage même pour appuyer sur un interrupteur.

J'ai cherché du savon. J'ai trouvé cinq éclats agglutinés au fond d'un pot de confiture. Au bout de dix minutes, il n'y avait que quelques centimètres d'eau dans la baignoire, mais je n'en pouvais plus d'attendre. Je me suis débarrassée de mes vêtements affreusement sales et j'ai enjambé le rebord.

Ma salle de bains à la maison est douillette, avec des sanitaires vert avocat et des serviettes marron ou beige qui forment un joli contraste. Récemment, Derek a construit une étagère sur-mesure au-dessus du lavabo. Il a découpé des fentes à la scie sauteuse, très pratiques pour ranger les brosses à dents de toute la famille… Chacune porte le nom de son propriétaire : MAMAN, PAPA, JOHN, MARY. J'ai fait remarquer à Derek que mon nom n'était pas « Maman », mais il déteste « Coventry » et refuse de l'employer. Il m'appelle « Maman » depuis la naissance de John il y a dix-sept ans. Derek m'a dit un jour : « Je suis la risée de mes collègues à cause de ton prénom. »

Mais je sais que ce n'est pas mon prénom qui provoque l'hilarité à l'atelier : c'est lui, Derek. Il s'est rendu célèbre avec un monologue ennuyeux à mourir : « Comment réussir un œuf à la coque. » Ce qui, par nature, n'aurait pas dû prendre plus de quatre minutes, est devenu une épopée dans sa bouche, puis une légende, voire un mythe. Tous les employés présents dans l'atelier se rappellent le jour où Derek a sorti son discours sur l'œuf à la coque – de même qu'ils n'ont pas oublié où ils se trouvaient quand quelqu'un a tiré sur J.R. dans la série *Dallas*. Cet après-midi-là, devant la pointeuse, l'un des ouvriers a déclaré : « Si ce crétin de Derek l'ouvre encore demain, je lui fends son crâne d'œuf et j'y mets du sel dans l'trou ! »

À la décharge de Derek, il faut reconnaître qu'il a un métier un peu ingrat. Il est « chasseur » dans une usine de chaussures, Hopcroft Shoes. Son rôle consiste à suivre les commandes aux divers stades de la production et à harceler les contremaîtres pour accélérer l'exécution. Il prend ses responsabilités très au sérieux, et ne dort pas la nuit si vingt bottes cosaques battent encore la semelle dans l'atelier des finitions en attendant leurs boucles, alors qu'elles devraient être en vente au rayon chaussures de Co-op depuis deux jours.

Nous assistions toujours au grand dîner dansant annuel de Hopcroft, mais n'étions jamais invités à nous asseoir aux tables bruyantes où les gens avaient l'air de bien s'amuser. Nous, nous partagions une table pour quatre avec un employé sénile à la retraite et sa femme. L'année dernière, Derek a parlé de la gestation des tortues pendant tout le repas, où on nous a servi de la dinde. Le vieux couple l'écoutait sans comprendre, comme moi.

À son travail, on le surnomme « Derek le Raseur ». Je le sais parce que, ensuite, quand les gens se sont mis à danser après avoir mangé et que l'alcool est monté à la tête des collègues de Derek, ils ont crié : « Dégagez la piste ! Voilà Derek le Raseur ! » Un chemin aussi large qu'un sentier de transhumance s'est ouvert devant nous. Dans ces moments-là, j'étais triste pour Derek. J'avais envie de le protéger et je retombais à moitié amoureuse de lui. Je l'ai embrassé dans le cou tandis que nous dansions et, à la fin de la soirée, quand on a annoncé le lâcher de ballons, j'ai foncé pour attraper le plus gros que je pouvais trouver et je le lui ai donné. Comme une mère qui essaie de consoler un enfant que les autres n'apprécient pas.

Nous faisions toujours l'amour après le grand dîner dansant annuel. Derek parlait sans discontinuer et me demandait ce que j'avais pensé des divers invités. Son fantasme était de me voir copuler sur la piste avec le directeur général, Mr Sibson (un homme de cent cinquante kilos), pendant que ses collègues dansaient la farandole autour de nous.

J'ai épousé Derek parce que j'étais amoureuse de lui. J'avais dix-huit ans.

## 17

## Un tailleur Norman Hartnell avec des tennis

Letitia Willoughby D'Eresby a poussé la porte de la salle de bains et est tombée en trébuchant sur la barrière de livres. Quand elle s'est relevée, j'ai vu qu'elle tenait un gant de toilette à la main. J'étais assise dans la baignoire, en train de me teindre les cheveux en auburn foncé avec une coloration prête à l'emploi achetée pendant la journée. Les gouttes de teinture qui avaient coulé donnaient à l'eau du bain une teinte rouge sang. Letitia a ouvert la bouche et a hurlé : « Nom de Dieu, Gerard, viens vite ! L'employée a tenté de se supprimer. »

Il m'a fallu un moment pour convaincre les Willoughby D'Eresby que mon intention n'était pas d'atteindre l'au-delà mais seulement de changer mon apparence. Prise dans l'effervescence de la situation, j'ai laissé la couleur poser trop longtemps et mes cheveux ont maintenant la couleur d'une mandarine pas encore parvenue à maturité. L'effet plaît beaucoup à mes employeurs. « Vous devriez mettre du vert avec ça », a déclaré Letitia, et elle m'a donné une paire de boucles d'oreilles en jade rapportées d'un voyage en Indonésie, longues de dix centimètres. Elle a offert de me percer les oreilles avec une aiguille à repriser et un bouchon, mais j'ai décliné cette aimable proposition.

J'ai jeté ma tenue de ramonage et je me promène maintenant dans un tailleur Norman Hartnell[1] en mohair que Letitia n'a pas porté depuis 1959, quand elle faisait du trente-huit. Le tissu est d'une douceur extraordinaire, bleu lustré, même si, bien sûr, les tennis détonnent un peu.

Cette nuit-là, j'ai tourné dans mon lit pendant des heures en pensant à mes enfants. Quand enfin le sommeil est venu, j'ai rêvé que j'étais en prison. Je partageais une cellule avec Ruth Ellis[2]. Nous riions beaucoup, tout en nous épilant mutuellement les sourcils. Puis, juste avant l'aube, on nous a emmenées et nous sommes restées à nous balancer au bout d'une corde jusqu'à ce que la mort vienne. Dans mon rêve, la mort, c'était le lotissement des Chemins Gris qui s'étendait à l'infini. Ruth et moi cherchions le centre commercial, mais…

Je me suis réveillée à six heures et j'ai senti une odeur de viande brûlée. J'ai vite enfilé mon tailleur Hartnell et mes tennis pour aller voir. L'odeur montait par l'escalier, si forte et si âcre qu'elle me piquait la gorge. En me penchant par-dessus la rambarde, j'ai vu de la fumée qui s'échappait sous la porte de Keir.

« KEIR ! KEIR ! RÉVEILLEZ-VOUS ! IL Y A LE FEU DANS VOTRE CHAMBRE ! »

1. Créateur de mode britannique célèbre pour avoir habillé la reine mère, la reine Élisabeth II et d'autres membres de la famille royale.

2. Dernière femme à avoir été exécutée au Royaume-Uni. Elle fut pendue en 1955 après avoir été reconnue coupable du meurtre de son amant.

J'ai cogné contre le battant à m'en faire mal aux phalanges. Letitia et Gerard sont sortis de leur chambre, cigarette au bec. « De la fumée ! » ai-je crié en montrant du doigt. Le professeur a déclaré : « Ce pauvre garçon force un peu sur le tabac, on dirait. » Letitia a répondu aussitôt : « Ce n'est pas une clope qui fume là-dedans, bougre d'âne. Enfonce-moi cette porte ! »

À la fin, c'est Letitia elle-même qui a ouvert la porte d'un coup d'épaule, son mari ayant mal dirigé son assaut et heurté le chambranle. Keir, assis par terre en tailleur, faisait rôtir un pigeon sur un minuscule feu de charbon dans la cheminée. Il a piqué le cou de l'oiseau avec une fourchette à long manche pour tester la cuisson, puis a tourné vers nous un regard morne. « J'espère que vous ne comptez pas vous joindre à moi. Il n'y en aura sûrement pas assez pour quatre.

— Ne te bile pas, mon vieux, a répondu le professeur. Je n'ai jamais aimé le pigeon, je préfère la bécasse. »

Letitia a ébouriffé la tignasse de son fils. « Chéri, c'est formidable de te voir manger. Veux-tu que j'aille te chercher de la gelée de groseilles ? »

Keir a craché une plume et expliqué d'une voix plaintive : « Je ne mange pas parce que j'ai envie de manger. Je rends service à la ville. Sans moi, Londres serait envahi par ces sales bestioles… Elles sont bourrées de parasites, vous savez.

— Fais-le croustillant et surtout bien cuit, hein, chéri ? » Letitia a considéré les yeux ronds du pigeon d'un air plein d'effroi tandis que Keir fixait à nouveau sa grillade. Au bout d'un long moment, le professeur a lancé d'une voix exagérément joviale : « Eh bien, mon garçon, nous te laissons à ton petit déjeuner… »

La voix de Keir nous a rattrapés avant que nous n'ayons atteint la porte. « Ce n'est pas un petit déjeuner, c'est un acte de civisme. » Les seuls objets adultes dans sa chambre étaient les cigarettes et le briquet posés sur sa table de chevet. Même la fourchette à long manche portait l'effigie de Winnie l'Ourson. On se serait cru dans un musée. Ne manquaient qu'un cordon à la portc et une étiquette sur le mur :

CHAMBRE TYPIQUE D'UN ENFANT
DE CINQ ANS
NON SIGNÉE, CIRCA 1969

« Il y a des éléments nutritifs dans le pigeon, chéri ? a demandé Letitia dans le couloir.

— Des protéines, bien sûr, a répondu le professeur Willoughby D'Eresby. J'en toucherai un mot à Archie Duncan, le nutritionniste. » Après quoi ils sont allés prendre un bain ensemble.

Je me suis rappelé un film d'horreur que j'avais vu autrefois, dans lequel un groupe d'amis louait un château médiéval pour les vacances. Le premier soir, au dîner, un violent orage éclatait. Un lustre s'écroulait sur la table. Une statue était renversée dans l'escalier. Et tous les chandeliers s'éteignaient, puis, mystérieusement, se rallumaient d'eux-mêmes. Pourtant, les vacanciers allaient tranquillement se coucher dans leurs chambres terrifiantes et dormaient sur leurs deux oreilles, pendant qu'une musique à l'orgue et des cris montaient de la cave.

Les Willoughby D'Eresby et les vacanciers du film présentaient un certain nombre de points communs : en tête de liste, une capacité rare à prendre la vie comme elle vient. Si Keir était né dans le lotissement des Chemins Gris, il aurait été placé en sécurité dans un centre de soins. Un voisin indiscret aurait rapporté qu'il étranglait des pigeons sur le rebord de sa fenêtre.

## 18

## Je quitte mes employeurs peu conventionnels

J'étais en train de remuer du porridge quand le professeur Willoughby D'Eresby est entré dans la cuisine. « Vous vous appelez Coventry Dakin, n'est-ce pas ?

— Oui.

— Ils ont montré une photo de vous au journal télévisé ce matin… On vous voit pointer une arme à feu d'un air féroce. »

Je suis restée perplexe. « Une arme à feu ?

— Vous êtes extrêmement belle sur cette photo. Dans une robe à carreaux bleus et blancs tout à fait charmante.

— Ah, oui… C'était un pistolet en plastique. Une photo pour rire, le jour de l'anniversaire de mon fils.

— On vous considère comme dangereuse. La police recommande au public de ne pas s'approcher de vous.

— Oh, mon Dieu.

— Vous en voulez aux hommes, d'après nos bons agents. »

J'ai fait non de la tête.

« Mais vous en avez tué un ?

— Oui.

— Donc vous êtes quelqu'un de violent ? »

Le porridge bouillonnant menaçait d'attacher au fond de la casserole. Mon poignet ne m'obéissait plus, j'avais lâché la cuillère en bois qui tressautait et butait contre les bords.

« Vous allez me dénoncer ?

— Vous dénoncer, non. Mais, hélas, vous débouter. Non que je sois choqué, ma chère. Le meurtre en général relève à mes yeux d'une effrayante banalité ; néanmoins, je ne peux pas vous héberger sous mon toit. Je suis professeur de médecine légale, et à ce titre, en lien étroit avec la police. Vous comprenez ma position, n'est-ce pas ?

— Oui.

— Letitia est au désespoir. Elle espérait vous garder des années. C'est si difficile de trouver du personnel, entre son naturisme et les excentricités de Keir.

— Quand voulez-vous que je parte ?

— Immédiatement serait le mieux, ne croyez-vous pas ? Je suis terriblement désolé. »

Le porridge a brûlé, aussi leur ai-je servi des Weetabix. Ils ont mangé dans un silence qui ne leur ressemblait pas. Quand j'ai eu fini de mettre les bols dans le lave-vaisselle, les Willoughby D'Eresby m'ont donné un manteau en léopard et un billet de cinquante livres.

« Était-ce un *crime passionnel* ? a demandé Letitia en français. Si tel est le cas, vous devriez bénéficier de l'indulgence du tribunal.

— Qu'est-ce qu'un *crime passionnel* ? »

Le professeur a répondu. « C'est une expression française, ma chère. Cela signifie liquider une personne avec laquelle on s'envoie en l'air ou avec qui l'on a envie de s'envoyer en l'air. D'ordinaire, parce que cette personne s'envoie en l'air avec quelqu'un d'autre. La justice de nos voisins et amis français entérine ainsi le fait que, dans les moments de trop forte excitation glandulaire, l'individu perd tout sens commun et devient sujet à des comportements erratiques.

— Oh non, ce n'était pas du tout ça. Il n'a jamais été question de… s'envoyer en l'air.

— Dans ce cas… » Letitia a soupiré. « Personnellement, je ne me rendrais pas à la police. Qu'en penses-tu, Gerard ?

— Enfin, ma femme ! Tu voudrais que je me mette à la place d'une meurtrière ? Oublies-tu que l'enquête criminelle est au cœur de mon métier ?

— Je te demande seulement de montrer un peu de compassion pour cette pauvre fille.

— Je la plains, je la plains. Mais ne me demande surtout pas mon conseil quant à ce que je ferais ni où j'irais si j'avais commis un meurtre.

— Je ne t'ai pas…

— Je filerais en Écosse et je prendrais refuge chez mon vieil ami Buffy, dans son château au sommet d'une colline qui domine huit mille hectares de terres. D'autant plus qu'il y a des douves… On verrait la flicaille approcher à trois kilomètres. C'est un jeu d'enfants : il suffit de relever le pont-levis, pour donner l'impression que tout le monde est parti faire des courses, et de rester tranquillement assis devant le feu dans la bibliothèque avec un bon roman de Trollope et un whisky vieilli dans les meilleurs fûts écossais.

Là, tu es contente, Letitia ? Voilà ce que je ferais. Sacré Buffy, ça, c'est un camarade.

— Tais-toi donc, mon mari ! Coventry n'a pas envie que tu lui parles de ce vieil ivrogne empestant le tabac à priser que tu appelles un ami. Elle est impatiente de se mettre en route, n'est-ce pas, ma chère ? »

Je leur ai serré la main. Ils m'ont embrassée tous les deux, j'ai ouvert la porte et je suis partie. Le professeur est sorti sur le perron, mais Letitia, qui était nue, est restée dans la maison et a agité la main par la fente de la boîte aux lettres.

Le soleil de la fin de l'automne faisait une apparition de pure esbroufe, éblouissant les piétons, aveuglant les conducteurs, illuminant les vitres sales. Je transpirais dans le manteau en léopard. L'air était léger et les arbres de Russell Square flamboyaient. J'ai jeté deux pièces d'une livre dans l'herbe à l'endroit où je m'étais couchée sous Leslie, l'homme à qui il manquait des dents.

Au coin du square, des tables et des chaises avaient été dressées sur le trottoir devant un petit café. Cela ne ressemblait pas à l'Angleterre, mais plutôt à un samedi matin tel que je me le représentais dans une ville étrangère. J'ai commandé une tasse de café et un petit pain aux raisins, puis je me suis rappelé que je n'avais qu'un billet de cinquante livres.

« Vous n'avez pas la monnaie, j'imagine ? ai-je demandé en montrant le billet.

— Ben non. Qu'est-ce vous croyez ? C'est pas le Ritz ici. »

Je suis retournée au carré d'herbe où j'avais jeté les deux pièces d'une livre. Je les ai retrouvées, j'en ai pris une et j'ai laissé l'autre. De retour au café, j'ai payé l'homme derrière le comptoir.

Il a ri. « Ben, vous alors… L'argent vous pousse sous les sabots ou quoi ? »

J'éprouvais un sentiment très étrange, assise là au soleil, avec une cigarette et un café, sans nulle part où aller ni rien à faire. Pas de mari pour me presser de finir ma consommation parce qu'il ne tenait pas en place. Pas d'enfants geignards qui bousculaient la table et renversaient leur Coca-Cola. Ce sentiment étrange, je crois, c'était du bonheur.

Chaque fois que le visage de Gerald Fox me venait à l'esprit, je le repoussais.

Il n'était que dix heures et demie du matin, j'avais toute la journée devant moi et un emploi du temps de femme riche : acheter des chaussures, me faire percer les oreilles, prendre une chambre d'hôtel. Et comme c'était agréable de rester assise sous les arbres et d'observer tranquillement les environs ! Je suis partie quand le soleil a disparu. En me voyant me lever et fermer mon manteau de fourrure, l'homme derrière le comptoir a lancé : « À la prochaine, madame la comtesse ! »

## 19

## Des bottines pour changer de vie

« Vous aimez le rétro cinquante, je vois, a fait remarquer la vendeuse du magasin de chaussures.

— Le quoi ? »

Elle a désigné mon tailleur et mon manteau.

« Le style des années cinquante, je veux dire. Est-ce que ce genre-là vous plairait ? Bouts ultra pointus, talons stilettos… » Elle m'a présenté une paire d'escarpins.

« Talons aiguilles. De mon temps, c'est ce qu'on disait.

— C'était quand, votre temps ?

— 1957.

— Oh. Alors, vous, ce n'est pas par nostalgie…

— Non, moi, je suis d'époque. Auriez-vous une paire de bottines confortables, s'il vous plaît ? Avec lesquelles je pourrais courir. »

J'adore mes bottines. Je n'arrête pas de les regarder et de caresser leur cuir si doux. Elles ont des lacets qui montent haut et me tiennent bien à la cheville. Avec ça, je pourrais courir quinze kilomètres, danser un ballet classique ou escalader une falaise.

« Je les garde aux pieds », ai-je déclaré. La vendeuse a pris mon billet de cinquante livres, mes vieilles tennis, et en échange elle m'a rendu trente livres, un penny et un sac en plastique contenant mes horribles savates.

Les bottines sont si souples qu'elles se sont déjà adaptées à la forme de mon pied. Je vois mes orteils et le léger renflement de l'os sur le côté. Oui, j'adore vraiment mes bottines. Je vais leur acheter un tube de cirage noir. Grâce à elles, je n'irai pas en prison, je trouverai un travail, et je changerai de vie.

## 20

## Sidney remonte à la surface

« Ruth ?

— Oui.

— C'est Coventry !

— Oh, salut, Cov, comment vas-tu ?

— Très bien, et toi ?

— J'ai eu mal au ventre à cause d'un poulet douteux, mais c'est passé maintenant. Comment vont Derek et les enfants ?

— Je ne sais pas.

— Comment ça, tu ne sais pas ?

— Je ne suis pas à la maison, en fait…

— Ah non ?

— Non, je suis à Londres. Sidney ne t'a pas dit ?

— Il ne m'a pas dit quoi ?

— J'ai eu un petit souci…

— Vol à l'étalage ?

— Non. Il ne t'a pas raconté ?

— Tu as quitté Derek ?

— Je n'arrive pas à croire qu'il ne t'ait pas mise au courant.

— Tu as un cancer, tu es à l'hôpital.

— Non.

— Tu es partie avec quelqu'un d'autre ?

— Non. »

Ruth soupira. « Bon, je vais chercher Sidney. Il fait de la plongée dans la piscine, je serai peut-être obligée d'attendre qu'il remonte à la surface.

— J'appelle d'une cabine, Ruth. Dépêche-toi. »

J'ai dû glisser trois livres de mon précieux argent dans la fente avant que Sidney ne prenne le téléphone.

« Cov ? Désolé, je ne trouvais pas mes clopes.

— Salut, Sidney.

— Cov, je t'avais demandé de me laisser une semaine.

— J'ai peur… Je suis passée devant une cabine téléphonique et comme j'avais plein de pièces de cinquante pence… J'ai acheté des bottines, tu vois, et la vendeuse m'a rendu cinq livres en petite monnaie…

— Arrête de pleurer. Tu sais que ça me trouble.

— Pourquoi tu ne l'as pas dit à Ruth ?

— Parce que j'ai envie de m'amuser, Cov. Je ne veux pas rester assis au bord de la piscine pendant le reste de mes vacances avec Ruth qui se taperait une crise d'eczéma. Elle a déjà les nerfs en pelote à cause des Portugais qui conduisent comme des malades. Je ne t'explique pas : “Voir l'Algarve et mourir”, tu vois le genre ?

— Tu rentres quand, exactement ?

— Dimanche après-midi. Aéroport de Gatwick. Appelle-moi au magasin lundi, dac' ?

— Je n'ai plus de monnaie.

— Ne te laisse pas abattre, Cov.

— D'accord. Toi non plus…

— Oh, moi, avoir le drapeau en berne, ça ne risque pas. Pas besoin de te faire un dessin, hein ? »

Il a raccroché en riant.

Je n'aurais pas dû l'appeler ; c'était un coup de tête ridicule. Ma seule excuse, c'est que j'aime mon frère et que je voulais entendre sa voix. Si Sidney avait assassiné quelqu'un et me demandait de l'aide, je reviendrais du Portugal en traversant toute la France à pied, je franchirais à la nage n'importe quelle mer. Je donnerais mon dernier penny à Sidney. Je mentirais, je tricherais, je volerais et je me battrais pour le préserver du malheur. Je suis tellement triste que Sidney ne m'aime pas avec autant d'intensité.

J'ai vingt-cinq livres et un penny dans la poche du manteau en peau de léopard. De manière générale, je suis très économe. Je sais exactement où va chaque penny. Où est allé, plutôt. Derek avait choisi de toucher sa paye en espèces à la fin de chaque semaine, plutôt que par virement à la banque tous les mois comme la plupart de ses collègues. Le vendredi soir, nous nous asseyions tous les deux à la table de la cuisine pour répartir l'argent en petits tas. Derek pianotait sur la calculatrice et me disait quelle somme je devais allouer, sur quelle pile. J'inscrivais ensuite les chiffres dans un petit carnet rouge. Le total ne pouvait jamais excéder quatre-vingt-une livres et soixante-sept pence, le salaire hebdomadaire net de Derek. Si je peux me permettre, je dirais que j'étais une excellente ménagère. Très douée pour accommoder les restes. Tout article qui entrait dans la maison était soit lavé, soit recyclé. C'était une occupation à plein temps. Je connaissais les prix par cœur au supermarché. Je tenais compte des fluctuations saisonnières. J'achetais des draps et des taies d'oreillers aux soldes de janvier, je réparais moi-même les chaussures, je tricotais nos vêtements, je les cousais ou les fabriquais au crochet. Je créais des cartes d'anniversaire et de Noël (avec leurs enveloppes), je faisais du pain, des gâteaux, des biscuits. Nous cultivions nos propres légumes, nous nous coupions nous-mêmes les cheveux. Quand nous étions malades, nous attendions d'aller mieux. Il n'y avait aucune colonne pour la pharmacie dans le petit carnet. Nous veillions à ne pas laisser de lumières allumées inutilement, à maintenir une température raisonnable. Le chauffage central n'était jamais mis en route avant la mi-octobre, et religieusement éteint le Vendredi saint. Derek allait travailler à vélo, avec des sandwichs dans sa sacoche. Il y avait un minuteur pour la cuisson des œufs près du téléphone.

Nous n'avions ni cartes de crédit ni comptes dans aucun magasin. La cotisation de Derek à la Société des amateurs de tortues ne coûtait que quatre livres par an (lettre d'information semestrielle comprise). Je ne me maquillais presque pas, je n'utilisais pas de laque. Notre magnétoscope était un cadeau de ma mère, qui n'avait jamais réussi à en maîtriser le fonctionnement. Derek construisait la plupart de nos meubles ; c'est pourquoi il n'y avait quasiment rien chez nous qui ne soit branlant, bancal, ou cloué de travers.

Nos dernières vacances – un voyage en car en Écosse – remontaient à cinq ans. Les enfants avaient eu mal au cœur tout du long, et quand nous avons été dévorés par les *midges*[1], notre budget ne nous a pas permis d'acheter une pommade antihistaminique. Nous avons dû dépendre des applications plus ou moins généreuses accordées par les autres membres du groupe, tous des retraités.

Chez nous, l'argent était un dieu. Un dieu courroucé, parcimonieux. L'argent n'était pas un objet d'adoration, mais de crainte. Par conséquent, nous menions une vie timide ; l'audace est l'apanage de ceux qui ne connaissent pas l'insécurité.

« Si seulement les enfants arrêtaient de grandir », gémissait Derek, parce que, bien sûr, c'étaient les enfants qui sapaient notre force monétaire. Sans certaines choses, ils ne pouvaient pas vivre. Pour Derek et moi, il était inconcevable que nos enfants ne soient pas heureux. Nous avions tous deux été des enfants malheureux, et c'est pour cette raison que nous nous étions mariés : pour nous reproduire et avoir une deuxième chance.

Au lieu d'être raisonnable et de chercher un hôtel modeste, je me suis fait percer les oreilles chez un bijoutier de Regent Street. Je ne m'attendais pas à avoir aussi mal. La jeune fille qui a inséré les deux petits clous en or avec un pistolet m'a rappelé qu'il était strictement interdit de les enlever pendant un certain temps. Je devais aussi les tourner toutes les quatre heures et me nettoyer les lobes avec de l'alcool si je ne voulais pas attraper une « méga infection ». Ensuite, à cause de mon manteau en

1. Les *midges* sont de petits moucherons particulièrement voraces qui se déplacent en groupe avant de fondre sur leur proie. (*Note de l'éditeur.*)

léopard, elle m'a reproché de manquer de respect pour la vie animale. J'ai expliqué que le vêtement m'avait été offert, mais elle a répondu : « C'est le principe qui compte », comme s'il s'agissait là d'une vérité inédite. « Je ne sais pas comment vous pouvez supporter de vous balader avec un animal mort sur le dos », a-t-elle continué, tandis que j'entendais son petit tailleur en cuir craquer au moindre de ses mouvements. Tout en attendant que mes oreilles cessent de saigner, j'ai reconnu que c'était cruel, cc qui lui a fait plaisir. Mais aussitôt après, une expression de ma mère est sortie de ma bouche sans que je puisse la retenir : « Nécessité fait loi.

— Qu'est-ce que ça veut dire ?

— Ça veut dire que je n'ai rien d'autre à me mettre pour avoir chaud. »

À peine dehors, j'ai enlevé les clous et les ai remplacés par les boucles d'oreilles en jade. Letitia avait raison, elles allaient parfaitement avec mes cheveux orange. Il me restait à présent quinze livres et un penny. J'ai décidé d'être raisonnable et de chercher une chambre d'hôtel.

# 21

## John rencontre Bradford

John Dakin et Bradford Keynes se faisaient face dans la salle du cours d'art plastique pour adultes, entre les chevalets et les têtes grisonnantes et chauves des retraités qui reproduisaient une œuvre du Titien.

« Je viens à propos de ma mère.

— Qui c'est, ta mère ?

— Lauren McSkye », mentit John.

Le cœur de Bradford reçut un millier de décharges électriques. Il en oublia de respirer. Le sang reflua sous sa peau. Il perdit l'équilibre. Il avait vingt-six ans.

« Vous savez où elle est ? » s'enquit John, qui se demandait si cet épouvantail à la longue barbe ridicule et maculée de peinture était ivre en pleine journée.

Bradford était tombé violemment amoureux de Lauren McSkye dans les trois minutes qui avaient suivi leur première rencontre en janvier. Depuis, il ne vivait plus que pour la voir et entendre sa voix. Entre leurs innocents rendez-vous deux fois par semaine, il était affligé, perdu. La nuit, il peignait avec fièvre : Lauren dans sa tenue noire, Lauren nue, Lauren… Lauren… Lauren.

« Non, je ne sais pas où elle est. » La voix de Bradford faillit se briser. « Elle a manqué deux cours. Elle n'a pas voulu laisser d'adresse quand elle s'est inscrite, alors je ne sais pas du tout, mais pas du tout où la chercher. »

Il y avait quelque chose d'obsessionnel dans sa voix. John l'attribua au fait que Bradford était un artiste ; tout le monde savait que ces gens-là étaient cinglés, toujours à se couper une oreille ou à quitter un emploi respectable pour s'enfuir sur une île avec une tribu de sauvages.

« Elle n'a pas emporté son travail », reprit Bradford, qui essayait de retenir le fils de Lauren le plus longtemps possible. Il avait besoin d'en savoir plus sur elle, afin de pouvoir se repaître de ces informations, les ruminer, les digérer quand il rentrerait dans son logis miteux au milieu d'une rangée d'autres maisons similaires. Bradford montra un tableau.

John regarda le barbouillage de sa mère avec mépris. « Un gamin serait capable de faire mieux », pensa-t-il.

Bradford contemplait le tableau lui aussi, mais il pensait : « De l'art brut. Authentique, pur et innocent. »

Sur la requête de Bradford, Lauren McSkye/ Coventry Dakin avait peint « Le Paradis ». Il y avait une rivière paresseuse, des barques qui naviguaient dans les deux sens. Les rives étaient plantées d'arbres fruitiers et de chênes. Des saules pleureurs se penchaient mollement sur l'eau. Géraniums, jonquilles, digitales, boutons-d'or et marguerites fleurissaient sur les berges. Une femme qui ressemblait à Lauren était allongée sur des coussins incrustés de perles. Elle lisait un livre. Une boîte de chocolats Black Magic était posée sur l'herbe verdoyante. À ses pieds, un panier en osier contenait des bouteilles de vin et un fromage d'Edam. Le soleil, la lune et les étoiles brillaient tous ensemble dans le ciel. Il n'y avait qu'un seul nuage. Au loin, on voyait une ville, une montagne, une mer, un phare et un panneau sur lequel était écrit en lettres minuscules : « Un travail à plein temps, enfin. Salaire minimum 200 livres par semaine. »

« Vous n'étiez pas au courant que votre mère savait peindre ? demanda Bradford.

— Non. » John se dit : « Elle ne sait pas peindre. C'est nul. »

« Votre mère n'est pas à la maison, donc ?

— Non, elle est partie quelque part.

— Je vois. J'ignorais qu'elle avait des enfants. Elle est mariée ?

— Oui, avec mon père. Derek McSkye.

— Je vois. Et vous êtes… ?

— John McSkye. J'ai une sœur, Mary McSkye.

— Votre père est américain ?

— Non.

— Oh. L'accent de votre mère… Où habitez-vous ?

— Pas loin d'ici.

— Où exactement ? »

Bradford avait épluché l'annuaire, en vain. Il n'y avait pas de McSkye.

« Faut que j'aille en cours… » John passa la bandoulière de son sac en toile sur son épaule. Bradford lut ce qui était tracé à l'encre indélébile sur le rabat :

PROPRIÉTÉ DE JOHN DAKIN
13, IMPASSE DE BADGER'S COPSE
LOTISSEMENT DES CHEMINS GRIS

Bien que l'encre eût bavé, l'adresse s'imprima de manière tout aussi indélébile dans l'esprit de Bradford Keynes. Il n'eut pas besoin de l'écrire.

## 22

## Cartonville

Avez-vous entendu parler de Cartonville ? C'est là que j'habite, à proximité de la gare de Waterloo, à un jet de bouteille de la Tamise. En d'autres circonstances, mon logement serait un pied-à-terre idéal, mais dans son état actuel, il lui manque un certain nombre d'aménagements tels que : un toit, des murs, des fenêtres, un sol, de l'eau chaude et froide, des toilettes, une baignoire, l'électricité, le gaz, une porte d'entrée. Il n'y a pas de maisons à Cartonville, seulement des foyers, bricolés avec des morceaux de la vie que d'autres rejettent. Le carton y est utilisé, bien sûr, ainsi que le plastique, et tout ce qui peut maintenir le froid à l'extérieur et la chaleur du corps à l'intérieur. Les occupants de Cartonville sont des gens étonnamment bien informés ; ils lisent beaucoup les journaux. Ils aiment surtout les périodiques grand format, au papier de qualité, qui procurent une meilleure isolation.

Personne ne pose de questions à Cartonville ; les renseignements sont livrés de plein gré, ou alors pas du tout. Parfois, les histoires racontées au cœur de la nuit dans un état d'ivresse sont démenties à la lumière d'un matin dégrisé. Les seules choses que les habitants ont en commun, ce sont leur pauvreté et leur volonté de survie. Peut-être encore une autre : leur mauvaise gestion de l'argent. Après tout, c'est la raison pour laquelle je suis là, moi aussi. Si j'avais pris une chambre dans un hôtel modeste au lieu de manger trois repas par jour, j'aurais peut-être trouvé un travail ; mais sans adresse, personne ne voulait m'engager.

Et puis, quand ma photo est parue dans la presse nationale, j'ai dû me cacher. J'ai dépensé le reste de ma fortune pour m'acheter de médiocres lunettes de soleil chez Woolworth. Je les porte jour et nuit. Des gens m'ont aidée à traverser la rue en pensant que j'étais aveugle ou malvoyante. Je dors ici depuis trois jours. J'ai une amie très chic à l'accent distingué qui s'appelle Dodo. Elle a exactement un mois de plus que moi. Nous nous protégeons mutuellement. Les autres résidants s'engagent parfois dans de bruyantes – et violentes – confrontations.

Dodo m'apprend des techniques de survie. Nous sommes sur le fil du rasoir ; mais au moins, nous nous maintenons en vie. Il y a quelque temps, Dodo a fait une dépression nerveuse. Elle se prenait pour le chef de la police de Manchester ; Dieu le lui avait dit, et elle croyait ce que disait Dieu, alors elle est allée au commissariat principal de Manchester et a demandé qu'on lui fournisse un uniforme de chef de la police. Naturellement, on l'a jetée dehors, mais elle est revenue, deux fois par jour pendant quinze jours. À la fin, la police en a eu assez et l'a placée « en sécurité ».

Dodo aimait bien l'hôpital psychiatrique. « Tu pouvais être aussi folle que tu voulais, m'a-t-elle raconté. Tu étais au chaud, à l'abri, et il y avait un magnifique jardin où se promener par beau temps. »

Les problèmes sont arrivés quand l'état de Dodo s'est légèrement amélioré – quand Dieu a cessé de lui parler. Les médecins l'ont jugée capable de réintégrer la société. On l'a envoyée vivre dans un appartement thérapeutique, avec cinq autres semi-fous. L'un d'eux était un pyromane qui s'attaquait régulièrement à des hôtels. Il n'avait pas droit aux allumettes, ni aux briquets ni à un quelconque combustible, et recevait chaque semaine le soutien de son travailleur social, mais il a tout de même réussi à mettre le feu à l'appartement thérapeutique. Certains verraient là une manifestation flagrante d'ingratitude. Un voisin qui avait signé une pétition contre la présence de ce type d'habitat dans le quartier a réveillé les occupants et les a aidés à sortir. Ce faisant, il composait mentalement une lettre à la presse locale :

« Cher Monsieur, Exactement comme je l'avais prédit… »

Au lieu d'être raisonnable et de rejoindre les autres dehors, Dodo s'est réchauffé les mains à la flamme, puis s'est enfuie. Le lendemain matin, les pompiers ont fouillé les décombres à la recherche de son cadavre carbonisé.

Dodo prétend qu'elle vient d'une famille d'hommes politiques illustres. Son frère serait l'ancien ministre – à présent disgracié – Nicholas Cutbush. Je n'en crois pas un mot. À mon avis, ce n'est qu'une variante de son propre désir d'être le chef de la police de Manchester.

La nuit, Dodo et moi nous accrochons l'une à l'autre comme deux cuillères passionnées. Nous avons besoin de chaleur, oh oui, de chaleur. Notre maison actuelle se compose de deux réfrigérateurs-congélateurs, et elle est bien isolée avec des panneaux de polystyrène – les trottoirs sont atrocement froids à Londres. La journée, quand nous faisons la manche, un autre résidant de Cartonville nommé James Spittlehouse garde notre abri. En échange de son amabilité, Dodo et moi déposons des restes d'aliments à ses pieds. Mr Spittlehouse a un caractère imprévisible et un lourd passé criminel. Il a été condamné plus d'une centaine de fois pour avoir fracturé les troncs des pauvres dans les églises. « Ben quoi, je suis un pauvre, moi, affirme-t-il avec un air de défi. Ça permet de contourner les intermédiaires. Du coup, ils n'ont plus besoin de se réunir en comité pour décider à qui donner l'argent, pas vrai ? Parce que je l'ai déjà. » Il parle avec nostalgie des cellules douillettes de la prison, de la compagnie qu'on y trouve, et regrette même le rituel du matin où l'on doit vider son seau. Sa plus grande fierté est d'être encore vierge.

« Je n'ai jamais été touché par un homme, ni par une femme, ni par une bête. La dernière personne qui a eu accès à mes parties intimes, c'était ma mère. Et encore, avec une éponge. »

Mr Spittlehouse est opposé à la fraternisation entre les sexes. Il porte quatre caleçons les uns sur les autres, pour le cas où il croiserait une femme qui serait tentée de le solliciter. Dodo et moi avons essayé de le rassurer sur ce point, mais il ne veut rien entendre.

La police ferme les yeux sur Cartonville ; nous sommes trop nombreux et n'avons nulle part où aller. Nous provoquons la gêne des usagers qui vont et viennent autour de la gare de Waterloo. Ils nous détestent tellement qu'ils ne supportent pas de nous regarder. Si l'un de nous tombe devant eux (et il y a beaucoup d'ivrognes parmi nous), les usagers enjambent le corps et continuent leur chemin. Ils nous haïssent parce que nous avons le temps. C'est une richesse dont nous jouissons sans compter, alors qu'eux en manquent toujours.

Gerald Fox est mort depuis une semaine aujourd'hui.

## 23

## *Homo impecunius*, ou les maux du prolétariat

Le professeur Willoughby D'Eresby leva les yeux du compte rendu d'autopsie de Gerald Fox.

« Allez, vieux croûton, dit Letitia. Tu vas cracher le morceau, oui ? Raconte ! Qu'est-ce que ça dit ?

— Ça dit : "Hémorragie cérébrale massive."

— Causée par une figurine Action Man ? fit Letitia avec une moue railleuse.

— Oui. Je remarque la pointe de scepticisme dans ta voix…

— C'est ridicule. Quel est l'imbécile qui a pratiqué l'examen ?

— Roger Skillet. Je l'ai connu autrefois, à Oxford. C'était déjà un gros fainéant, et je doute que trente ans en province aient amélioré son sens de la déduction. En tout cas, il a eu l'amabilité de m'envoyer les documents. »

La veille, Letitia avait quitté son cabinet de Tavistock Square à l'heure du déjeuner et essayé d'acheter un Action Man. Le vendeur lui ayant expliqué que ce modèle de figurine n'était plus fabriqué, elle avait téléphoné à plusieurs de ses amis non pacifistes qui avaient encore de jeunes enfants, et avait fini par en dénicher un. Action

Man était maintenant assis parmi les divers objets et restes de repas qui encombraient la table. Il avait un petit béret crânement incliné sur son visage rose et grave, les mains pudiquement croisées devant son entrejambe asexué. Letitia, au nom de la médecine légale, lui avait ôté son minuscule uniforme de camouflage et ses bottes militaires façonnées pour un Tom Pouce.

« Il est mignon, tu ne trouves pas ? » Letitia prit la figurine nue et actionna ses jambes. Elle lui parla. « Tu ne tuerais pas un gros gaillard, hein, mon cœur ? Non, bien sûr que non. Tu es une toute petite chose, toi. » Elle se tourna vers son mari.

« Le corps de Fox est toujours visible ?

— Oui, on le garde au frais à la morgue. Son foie intéresse beaucoup les gars de la section Abus d'alcool, apparemment. D'ailleurs, après avoir lu ce compte rendu, je me demande comment il tenait encore le coup. État de santé déplorable, pour un homme de moins de quarante ans : poumons détruits, varices, hémorroïdes, artères bouchées, orteils en marteau, crâne aminci, cerveau de la taille d'un petit pois, ostéoporose, pellicules, sinus obstrués, polypes dans le nez, mycose du pied, surpoids, pyorrhée alvéolo-dentaire, ongles incarnés… petite contusion à la base du crâne, provoquée par notre ami Action Man, mais pas de réels dommages. Je ne crois pas que notre Coventry ait tué Mr Fox, Letitia. Je crois qu'il s'est probablement tué lui-même. Apoplexie. C'est une nouvelle réjouissante, n'est-ce pas ? »

Pour rire, Letitia frappa son mari sur la nuque avec le petit soldat nu. « Dis donc, toi ! Est-ce que tu aurais cherché à creuser cette affaire si Coventry avait été moche comme un pou ?

— Probablement pas, ma chérie », reconnut Willoughby D'Eresby.

## 24

## Derek donne un coup d'éponge

Un après-midi après le travail, Derek Dakin vit la veuve Carole Fox ouvrir la porte de sa maison en location-accession à la propriété et faire rapidement entrer ses quatre fillettes. « Quelle femme courageuse, pensa-t-il. Je dois lui présenter mes condoléances. » Huit jours avaient passé depuis le cruel événement. Il chercha l'article « Condoléances » dans un ouvrage de la bibliothèque sur l'étiquette victorienne, *Manières et usages de la bonne société vus par un membre de l'aristocratie*, mais ne trouva rien concernant la rencontre du mari d'une meurtrière et la veuve de la victime.

« Vas-y au feeling », se dit-il.

Il sortit de chez lui, traversa la rue et frappa au numéro 12. Kirsty Fox, âgée de quatre ans, lui ouvrit.

« Ta maman est là ?

— Oui, elle est aux toilettes. »

Derek préféra attendre à la porte. Une chasse d'eau fut tirée à l'étage, et Carole Fox descendit pesamment l'étroit escalier. Elle eut un mouvement de recul en voyant Derek, comme s'il allait se jeter sur elle pour la marteler de coups de poing.

« C'te peur que vous m'avez fichue », dit-elle.

Derek fit la grimace. Elle avait un accent local à couper au couteau. Lui avait presque réussi à se défaire du sien.

« Mrs Fox, je voudrais juste vous dire combien je suis désolé pour…

— Ben voui.

— Vous devez être anéantie.

— Hein ?

— Anéantie. »

Carole hocha la tête, pensant qu'elle serait plus vite débarrassée si elle acquiesçait.

« Comment les petites l'ont-elles pris ? »

Elle baissa la voix. « Je leur ai encore r'en dit. A' croient qu'y est parti en vacances…

— Oh, mais n'ont-elles pas vu… ? Pas assisté… ? Pas été témoins… De ce qui s'est passé… ?

— Pour sûr, a' z'ont vu, mais a' savaient pas qu'y était mort. A z'avaient l'habitude de l'voir couché par terre les yeux fermés. Y buvait sec, vous savez.

— Et vous, comment allez-vous ?

— Qui, moi ? Oh, moi, ça va. J'suis tranquille sans lui. Vot' femme m'a ben soulagée. Y aurait fini par m'faire la peau. J'le détestais.

— Je peux entrer un moment, Mrs Fox ?

— C'est que j'ai pas eu trop l'temps de nettoyer aujourd'hui, dit Carole, comme si Derek était un inspecteur du ministère des Maisons Propres.

— Il y a quelque chose que je dois savoir.

— Bon, ben alors… »

En le conduisant au salon, Carole repoussa divers vêtements d'un coup de pied. Les petites Fox, assises par terre, mangeaient un bol de corn flakes. La télévision montrait les images en gros plan d'une opération à cœur ouvert. Programmes de l'après-midi. Carole et Derek s'installèrent à une table à l'autre bout de la pièce. Derek jeta un regard dans le jardin des Fox – un bout de terrain gris sale, sans aucune plante vivante. Des landaus délabrés constituaient les seules plates-bandes.

« Vous lisez un quotidien, Mrs Fox ?

— Qui, moi ? Non. Dans l'temps, oui, mais j'ai p'us une minute avec les gosses. »

Derek mentionna que, d'après la presse populaire, son défunt mari et Coventry auraient eu une liaison. Carole était-elle au courant de ces suppositions ?

« Qui, moi ? Comme j'vous dis, j'ai p'us une minute. C'est sûr qu'y sortait tous les soirs… Mais la femme, a' sait toujours la dernière, pas vrai ? » Les yeux de Carole glissèrent vers la télévision et se fixèrent sur les artères qui palpitaient jusqu'à ce que Derek reprenne la parole.

« J'aimerais faire quelque chose pour vous, Mrs Fox.

— Qui, moi ? Quel genre de chose ?

— Au jardin… Ou alors des étagères… Je suis plutôt bon bricoleur. Et vous allez avoir besoin d'un homme dans la maison à présent, n'est-ce pas ?

— Qui, moi ? Pourquoi ? J'en ai jamais eu avant.

— Financièrement, ça va ?

— L'argent ?

— Oui.

— Ben ça va mieux maintenant. Y a l'assistante sociale. Franchement, c'est pas plus mal pour tout le monde. »

Derek se sentit légèrement floué. Il avait emporté un paquet de mouchoirs en papier dans la poche de son pantalon, prévoyant de les sortir quand la veuve éplorée s'effondrerait. La clarté d'esprit de Mrs Fox le déroutait. Il préféra penser qu'elle était sous le choc, complètement déstabilisée. En silence, ils regardèrent l'assistant du chirurgien recoudre la cage thoracique et nettoyer le patient afin de le rendre présentable. À la fin de l'émission, Derek passa dans la cuisine pauvrement équipée et prépara un « bon petit thé » pour Carole et lui-même. Il donna un coup d'éponge. C'était le moins qu'il puisse faire.

## 25

## Comment Dodo est devenue veuve

Personne, à Cartonville, pas même les alcooliques au fond de leur stupeur, ne peut dormir d'un bon sommeil de huit heures. Dodo et moi nous installons dans notre frigo à minuit, mais nous sommes en général réveillées à trois heures du matin. Il n'y a alors rien d'autre à faire que partager une de nos précieuses cigarettes et bavarder.

Dodo m'a raconté qu'elle est devenue veuve il y a trois ans. « Geoffrey et moi, on rentrait de la campagne ; on avait passé quelques jours avec Tobias Marrows-Callandine… une maison magnifique… un monument classé de style géorgien, du pur anglo-saxon. Seize chambres pas chauffées, un chien épouvantable, un lac merveilleux… Bref, on roulait tranquillement dans la Porsche ; c'est moi qui conduisais, très prudemment, quand on a franchi le viaduc de Hammersmith Flyover. On a eu un fou rire en évoquant notre week-end : ce pauvre vieux Marrows-Callandine avait prétendu que sa femme était malade, qu'elle ne pouvait pas sortir du lit et assumer son rôle d'hôtesse, etc. Naturellement, je me suis portée volontaire pour lui monter un plateau, enfin, ce genre de choses.

Marrows-Callandine m'en a empêchée, il a fait un tas de manières. Il a dit que sa femme avait exprimé le souhait de rester seule, elle ne voulait pas qu'on s'occupe d'elle du tout. Ça, c'était vendredi soir. Bref, j'en étais où ?… Ah oui… Arrive dimanche matin, je cherchais désespérément un chauffage d'appoint quelque part. Non, mais tu le crois ? En plein hiver, avec un feu de cheminée seulement pour toute la maison ! À un moment, j'entre dans une chambre plongée dans le noir, j'allume la lumière, et je vois Lucia Marrows-Callandine couchée dans un lit. Elle a les deux yeux au beurre noir, le nez cassé, et elle a perdu quatre dents. La pauvre se met à pleurer, elle dit qu'elle aime Tobias, qu'elle lui pardonne ; et elle me demande de lui apporter un Mars ou quelque chose parce qu'elle n'a pas mangé depuis un jour et demi.

« Évidemment, je coince Tobias pour qu'il s'explique, et il me répond : "Pauvre Lucia, elle a fait une crise de nerfs vendredi matin parce que le lave-vaisselle avait débordé, je crois, et elle s'est frappée elle-même."

« Dans la voiture, donc, Geoffrey et moi on riait en pensant à ce qu'avait dit ce vieux salaud qui tabasse sa femme. Geoffrey attrape une bouteille de Coca-Cola à l'arrière. Il boit au goulot, un chat traverse la route, je pile, et le Coca s'est enfoncé dans sa gorge. Il y avait du sang partout.

« Geoff est mort. Ça n'a pas pris longtemps. Ma mère est tellement snob… Je lui ai téléphoné à l'hôpital pour lui annoncer la nouvelle. "Du Coca-Cola ? elle a dit. Mon Dieu, ce sera dans les journaux ? Tu ne pourrais pas dire que c'était de l'eau gazeuse ?" »

Ces conversations nous distrayaient, sans aller jusqu'à nous amuser. J'ai presque tout raconté sur moi à Dodo – sauf mon nom et le fait que je suis une meurtrière.

## 26

## La preuve de Carole Fox

CAROLE : L'était à peu près cinq heures du soir. J'avais allumé la lumière dans le salon.

MÉDECIN LÉGISTE : La pièce qui donne sur la rue ?

CAROLE : Oui. Je l'ai entendu rentrer. Rien qu'au bruit d'la porte, je savais que l'était de mauvais poil. Après, je l'ai entendu s'énerver parce que l'paillasson s'était coincé d'sous. Bref, l'est arrivé dans l'salon. L'avait bu.

MÉDECIN LÉGISTE : Comment saviez-vous qu'il avait bu ?

CAROLE : Parce que l'était bourré.

MÉDECIN LÉGISTE : Merci. Continuez, Mrs Fox.

CAROLE : Les filles ont vite déguerpi. A' sont pas idiotes, a' savaient que ça allait chauffer. L'a tourné un peu dans la pièce, à chercher une raison de râler, comme y fait d'habitude. Y m'a crié dessus parce que la pendule s'était arrêtée. Après, l'a gueulé parce que les jouets des petites traînaient par terre. Après, y m'a pris la tête sur Jennifer, celle qui a sept ans, en disant qu'a' l'était pas de lui. A' l'est rousse, vous voyez. Les autres sont brunes, comme lui. Après, l'était bien remonté. L'a dit qu'aucune des filles était de lui, parce qu'a' z'avaient pas son nez ; et l'a dit qu'y fallait que j'écrive les noms de tous les hommes avec qui j'avais été.

MÉDECIN LÉGISTE : Par « avait été », je présume que votre mari voulait dire, les hommes avec qui vous aviez couché ?

CAROLE : Ben, j'ai pas couché avec...

MÉDECIN LÉGISTE : Non, non, bien sûr... continuez.

CAROLE : J'suis allée prendre un bloc-notes que j'avais eu pour Noël et un stylo sur l'buffet, et y m'a poussée sur l'canapé pour que j'écrive tous ces noms. L'arrêtait pas de gueuler et d'me traiter de traînée. Y disait que j'avais couché avec le gars qui vient relever les compteurs.

MÉDECIN LÉGISTE : Vos filles se trouvaient dans la pièce à ce moment-là ?

CAROLE : Oui, dans le coin, près de la télé. A' z'avaient trop peur de bouger. Bref, j'me suis mise à écrire des noms d'hommes que j'inventais. D'un côté comme de l'autre, j'étais fichue. Si j'écrivais r'en, y m'en aurait collée une parce que je faisais pas ce qu'y me disait, et si j'écrivais...

MÉDECIN LÉGISTE : Souhaitez-vous faire une petite pause... un verre d'eau... un mouchoir ?

CAROLE : Non, ça va. S'cusez-moi... L'était devenu fou, y voulait buter... pardon, c'est lui qu'a dit comme ça... tous ceux sur la liste. L'a dit que j'méritais pas de porter le nom de Fox, que j'le tirais vers le fond, que c'était ma faute si l'avait jamais réussi dans la vie. L'était rouge comme une betterave et les yeux lui sortaient d'la tête. L'avait les veines du cou toutes gonflées. J'me suis dit : « Au secours, Carole, y va te tuer ! » Normalement, quand l'est de mauvais poil, y se met à balancer.

MÉDECIN LÉGISTE : Il lance des objets, vous voulez dire ?

CAROLE : N'importe quoi. Y a pas que des objets qu'y m'a déjà jeté à la tête... Mais là, r'en du tout. J'ai compris que j'allais vraiment dérouiller. Et qu'est-ce que j'ai pris ! L'a commencé à me donner des coups de pied dans les jambes. Après, y m'a attrapée par les cheveux pour me faire lever du canapé, et y m'a cogné la figure. Les petites, les petites... a'... a z'étaient...

MÉDECIN LÉGISTE : Quand vous serez prête, Mrs Fox. Je vous en prie, prenez tout votre temps.

CAROLE : A' z'étaient en larmes. A' disaient « Arrête, papa ! » et tout ça. Après, y m'a serré la gorge. L'était comme à la télé quand y deviennent fous. Y m'étranglait et y me hurlait dessus. Après, Coventry, en face, est arrivée. Elle l'a frappé avec Action Man, l'est tombé raide par terre, et y avait du sang qui lui coulait par les oreilles.

MÉDECIN LÉGISTE : Est-ce que Coventry... Coventry Dakin a-t-elle dit quelque chose avant ou après avoir frappé votre mari ?

CAROLE : Avant, l'a dit que'que chose comme : « J'en ai assez de vous. » Après, l'a rien dit. A' s'est juste enfuie, et personne l'a r'vue depuis. Enfin, par ici, on l'a pas vue.

MÉDECIN LÉGISTE : Mrs Dakin habitait en face de chez vous ?

CAROLE : Oui, au numéro 13.

MÉDECIN LÉGISTE : Vos rideaux n'étaient pas fermés ?

CAROLE : J'y avais pas fermé, non.

MÉDECIN LÉGISTE : Donc Mrs Dakin a pu être témoin des événements qui ont précédé le décès de votre mari ?

CAROLE : Je sais pas. 'Scusez-moi, vous pourriez redire ça... ?

MÉDECIN LÉGISTE : Mrs Dakin a vu votre mari vous battre ?

CAROLE : Sûrement. L'avait pas tiré ses rideaux non plus. C'est pas la première fois qu'a' le voit m'en coller une.

MÉDECIN LÉGISTE : Mrs Fox, vous avez dit que votre mari était tombé et que du sang avait coulé de ses oreilles. Le sang a-t-il coulé immédiatement ? Ou bien s'est-il passé un peu de temps avant que vous ne remarquiez le sang ? Réfléchissez, je vous prie.

CAROLE : L'a coulé dès que sa tête a touché le tapis. Y en a même qu'a giclé sur ma peau de zèbre d'vant la cheminée. Sa tête a rebondi, vous voyez, et l'a saigné tout de suite.

MÉDECIN LÉGISTE : Merci, Mrs Fox. Vous êtes un excellent témoin. Vous avez toute ma compassion, ainsi que celle des jurés.

CAROLE : Si y avait pas eu Coventry, j'crois bien que c'est moi qui serais morte, au lieu d'lui. A' m'a rendu service.

MÉDECIN LÉGISTE : Les jurés ne tiendront pas compte de cette remarque. Merci, Mrs Fox.

CAROLE : Pardon. Merci, votre Honneur... pardon, monsieur le médecin légiste. Faut-y que j'retourne m'asseoir, maintenant ?

## 27

## Samedi matin en Algarve

Quand ils se détachèrent l'un de l'autre, les corps de Sidney et de Ruth firent le bruit d'une sauce épaisse qui lâche une bulle de vapeur dans une casserole. Ruth rougit et se cacha le visage sous le drap humide. Sidney alluma une cigarette et s'allongea sur le dos, un cendrier artisanal portugais en équilibre sur son ventre luisant de sueur. C'était la dernière fois qu'ils auraient l'occasion de faire l'amour tranquillement le matin. Le lendemain, ils allaient devoir se lever tôt, boucler leurs valises et prendre la voiture pour trouver tant bien que mal le chemin de l'aéroport.

Le téléphone retentit près du lit. Sidney, qui refusait d'être dérangé, le laissa sonner. Longtemps, longtemps, longtemps. Ruth se couvrit la tête d'un oreiller.

« Sidney, s'il te plaît.

— Non, on ne répond pas.

— C'est peut-être ma mère.

— Pas possible, je lui ai donné le mauvais numéro.

— Exprès ?

— Oui.

— Oh, Sidney. Tu es terrible. Vraiment. »

Sidney admira le corps de sa femme qui se levait et se promenait dans la pièce, cherchant son kimono. Le téléphone sonnait toujours.

« Sidney, réponds ! Ça me fait mal aux oreilles !

— Non. Bon sang, Ruth, tu es incroyablement bronzée. Ton dos a la couleur d'une tartine de pâté. Non, ne t'habille pas, j'ai envie de te regarder.

— Tu ne fais rien d'autre que me regarder depuis quinze jours. C'est bizarre, à force. Parfois, tu me fiches la trouille. Tu n'es jamais satisfait. Tu n'es pas normal, Sidney. C'est vrai, quoi, je ne suis pas si belle que ça quand même… RÉPONDS AU TÉLÉPHONE !

— Non, reviens te coucher.

— Non.

— Non ?

— Oui. Non ! »

Ruth s'était déjà prêtée à des jeux de soumission auparavant. Une ou deux fois, elle y avait même pris plaisir, mais maintenant, avec le téléphone qui sonnait et l'odeur d'aquarium de leurs ébats encore dans ses narines, elle ne voulait pas jouer. Son « non » était sincère. Elle sortit de la chambre, passa dans le salon aux volets fermés et décrocha l'autre combiné, un modèle plus sophistiqué.

« Allô ?

— Mrs Lambert ? Mrs Ruth Lambert ?

— Oui.

— Ici l'inspecteur Sly, Mrs Lambert. Je me demandais si vous aviez été contactés par votre belle-sœur, Coventry ?

— Oui, elle a téléphoné cette semaine. Vous êtes policier ?

— A-t-elle dit où elle se trouvait ?

— Oui, à Londres. Elle a eu un accident ?
— Votre mari est là, Mrs Lambert ?
— Oui.
— Pourrais-je lui parler ? »
Sidney était toujours allongé sur le lit. Il tenait un miroir de poche devant son membre en érection.
« Sidney ! Pour l'amour du Ciel, qu'est-ce que tu fabriques ?
— Je vérifiais que je n'avais pas un cancer des testicules.
— Ne mens pas, Sidney. Tu étais en train de t'admirer. Personne ne sourit de cette manière en pensant au cancer. On te demande au téléphone. C'est un policier… quelque chose à propos de Coventry. »
Sidney décrocha le combiné près du lit.
« Sidney Lambert à l'appareil.
— Inspecteur Sly, commissariat de Truscott Road. Si j'en crois votre femme, monsieur, vous êtes en possession d'informations que vous auriez dû me communiquer. Quand rentrez-vous en Angleterre ?
— Dimanche après-midi. Tard. » L'érection de Sidney retomba d'un coup.
Il raccrocha tout aussi brutalement.

## 28

## Comment vit l'autre moitié

Dodo veut passer chez elle pour prendre des vêtements. Elle me demande de l'accompagner. Chez elle, c'est la maison où habite son frère à Londres. Nous devrons être prudentes parce Dodo pense qu'elle est recherchée par les autorités. Il lui manque un document signé attestant qu'elle est parfaitement saine d'esprit. Et moi, j'ai toujours eu peur des autorités. Même quand je suis piéton, j'ai peur des agents de la circulation. Je ne comprends pas pourquoi.

Nous sortons faire la manche ce matin ; Dodo affirme que le samedi est toujours une bonne journée. L'après-midi, nous avons l'intention de reconstruire notre logement de carton, et puis, à la nuit venue, nous irons à Flood Street, où Nicholas Cutbush vit avec sa femme. Il n'y a pas d'enfants Cutbush ; les gènes de Nicholas ne sont pas fiables et sa femme se consacre à sa carrière.

Voici comment nous faisons la manche. Nous abordons toujours des femmes de notre âge et de la classe sociale de Dodo. Nous choisissons de préférence des femmes qui sont chargées et ont l'air exténué. Ce n'est pas difficile à trouver. Nous nous tenons à la porte d'un grand magasin chic (quand j'étais petite, je croyais qu'il fallait être membre pour pouvoir entrer dans celui de ma ville natale – le seul qu'on y trouvait). Dodo et moi nous munissons de sacs en papier glacé de chez Harrods, sur lesquels nous dormons la nuit pour les défroisser. Lorsque nous apercevons une femme qui nous paraît suffisamment exténuée, nous passons à l'action. Dodo fond en larmes et s'écrie d'une voix angoissée : « Oh mon Dieu, il y avait tout dedans – mon porte-monnaie, mon Filofax, mes ordonnances, mon insuline ! » Puis, quand nous avons capté l'attention de la femme (neuf fois sur dix), Dodo ajoute : « Oh non !… Les photos des enfants quand ils étaient bébés ! »

J'ai pour rôle de conforter Dodo et de jeter des regards affolés autour de moi. Quand la femme exténuée a bien compris la nature du drame, je pousse un petit cri et je dis : « Dodo, mon porte-monnaie ! Tu te rappelles ? Je te l'ai confié pour que tu le prennes dans ton sac à main ! Nous n'avons même pas de quoi nous payer un taxi ! » Dodo doit alors pleurer de plus belle (elle est incroyablement douée). La plupart de nos femmes à l'air épuisé offrent de payer le prix de la course sans que nous n'ayons à demander. La somme tourne autour de deux livres, en moyenne. Mais où croient-elles qu'il est possible d'aller pour deux livres ?

Jusqu'à présent, le plus gros butin que nous ayons récolté en une journée se monte à vingt-huit livres. Bien sûr, nous nous partageons les gains à parts égales. Avec ma moitié, j'ai acheté des sous-vêtements thermiques et des chaussettes. Dodo a claqué la sienne dans une bouteille de vodka et des chocolats belges Liberty. Je sais que cela ne pourra pas continuer éternellement. Je n'ai pas envie de vivre ainsi.

« Chérie, c'est nous qui leur rendons service, dit Dodo. Imagine le plaisir qu'elles ont à aider deux pauvres femmes temporairement dans la dèche. Et puis, ça leur donne quelque chose à raconter à leur gros lourdaud. »

Dodo traite tous les hommes de « lourdauds » ; elle ne les aime pas beaucoup. Moi, si… Enfin, pas tous.

Nous avons marché le long du quai, jusqu'à ce que la nuit tombe et que la rivière ne soit plus qu'un reflet des lueurs de la ville ; puis nous sommes parties en direction de Flood Street. Nous marchons beaucoup. Dodo aime me montrer les monuments historiques intéressants. Ce soir, nous avons traversé le pont de Westminster et j'ai obligé Dodo à marquer un arrêt pour pouvoir contempler la rivière des deux côtés. Elle m'a traitée de « provinciale », mais elle a regardé la vue elle aussi. « Ce bon vieux Londres », a-t-elle dit avant de repartir. Il nous a fallu une heure pour arriver à Flood Stret. J'étais déçue. Je m'attendais à trouver des maisons plus grandes. Le frère de Dodo n'était-il pas un ancien ministre du Cabinet ? Ou bien Dodo avait-elle simplement dit, en termes plus vagues, qu'il avait travaillé pour le Cabinet ?

Une voiture s'est arrêtée devant une maison, un chauffeur est sorti et a ouvert une portière arrière. Un homme grand et brun est descendu. Il tenait un gros bouquet de roses rouge sombre à la main.

« C'est Nick, a dit Dodo. Il a racheté Interflora, ou quoi ? » La voiture s'est éloignée silencieusement et Dodo a couru vers son frère. « Nick ! » Il a fait un bond pour s'écarter et s'est dépêché d'insérer sa clé dans la serrure de la porte d'un beau noir brillant.

« Pas ce soir, Dodo. Nous recevons du monde, et je suis en retard.

— Je veux juste prendre des vêtements. Ça, c'est mon amie. » Nous étions debout sur le seuil, comme des témoins de Jehovah qui essaient de mettre un pied à l'intérieur.

« C'est l'anniversaire de Caroline, Dodo, nous avons des gens à dîner.

— Alors j'aimerais bien lui souhaiter un bon anniversaire, Nick. S'il te plaît, laisse-moi entrer.

— Dodo, tu es vraiment chiante.

— Salaud.

— Connasse. »

Une femme grande et mince en robe froufroutante s'est approchée.

« Niiick ? C'est toi, Niiick ? Qui est là avec toi ?

— Salut, Caro. Dodo, dégage. Putain, dégage, Dodo !

— Oh, Dodo, c'est vraiment toi, chérie ?

— Oui, c'est Dodo qui vient foutre le bordel. » Nick a tendu les fleurs. « Au fait… Tiens, chérie. Joyeux anniversaire !

— Merci. Dodo, tu es supeeerbe ! Dis-moi, tu vis toujours avec la plèbe ? Entre et ferme la porte. Qui est-ce, une amie ?

— Oui. Je te présente Jaffa… On partage un frigo.

— Enchantée, Jaffa. Je suis Caroline. Vous avez fait la connaissance de mon mari, je crois. »

Nous étions serrés les uns contre les autres dans l'étroit couloir d'entrée. Au fond, par une porte légèrement entrouverte, je distinguais un lustre étincelant, des bougies, une nappe blanche, et la moitié d'une robe bustier. J'entendais des accents clairs comme du cristal et des rires épanouis, un air de musique classique en sourdine. Je sentais une délicieuse odeur de cuisine, le feu de cheminée et le parfum des fleurs.

La porte au fond du couloir s'est ouverte et un visage connu est apparu. Ce n'était pas une star, ni un animateur de jeux télévisés, mais il passait à la télévision la plupart des soirs de la semaine. Il avait un rapport avec le gouvernement, la loi, la police… le ministère de l'Intérieur. Il a eu l'air ravi de voir Dodo.

« Ma parole, mais c'est Dodo ! Nous parlions justement de vous. Caroline me disait que vous aviez retrouvé la raison.

— Oh, complètement. Vous avez une sale mine, Podger.

— J'ai pris mes nouvelles fonctions, que voulez-vous. La faute à votre frère : s'il n'avait pas pété les plombs, je serais toujours en train de roupiller au ministère de l'Agriculture et de la Pêche.

— Oui, je suis désolée que tu aies perdu ton boulot, Nick », a dit Dodo.

Nous avons emprunté le couloir, en direction de la pièce scintillante.

« Ça m'apprendra, a répondu Nick. J'ai été stupide d'aller boire un verre au Groucho Club avec un dossier du MI5 dans ma mallette.

— Non, mon vieux. Ce qui était stupide, c'était d'oublier votre mallette là-bas alors que l'endroit grouille de journalistes. »

Cet échange, parfaitement énigmatique pour moi, a soulevé quelques bons rires, après quoi nous sommes entrés dans la salle à manger.

« Dodo ! » se sont écriés ensemble quatre élégants invités en se précipitant pour l'embrasser. Nick se tenait sur le côté, maussade. Quand les étreintes ont été terminées, Dodo m'a présentée.

« Voici Jaffa, on partage le même carton. » Encore des rires. J'ai serré les douces mains de tout le monde, puis Caroline m'a emmenée faire « un brin » de toilette. Dodo est restée en bas pour bavarder avec ses amis.

Les vêtements de Caroline tapissaient les murs de deux pièces. Elle m'a dit de me dépêcher de choisir quelque chose qui me plaisait, n'importe quoi. Dans la salle de bains attenante, une baignoire était en train de se remplir d'une eau mousseuse et parfumée.

J'ai choisi une robe du soir bustier en satin vert, avec une jupe bouffante et une douzaine de jupons en dentelle, chacun d'une nuance de vert différente, comme les comtés irlandais.

« Quel âge avez-vous ? a demandé Caroline pendant que je me brossais les cheveux, une fois sortie du bain et habillée.

— Je vais avoir quarante ans demain.

— C'est vrai ? Meeerde ! »

J'ai reposé la brosse sur la coiffeuse encombrée, il aurait fallu avoir une licence en français pour se repérer parmi les petits pots et les flacons de parfum.

« Servez-vous, Jaffa, je vous en prie. Ce sont des produits infââmes achetés en *duty free*. Pas très romantique, n'est-ce pas ? Avant de prendre l'avion, mon cher et tendre fonce dans une boutique et attrape un flacon, n'importe lequel, près de la caisse. "Il faut que je rapporte un cadeau pour ma bonne femme", se dit-il. »

Elle a scruté mon visage.

« Vous ne mettez rien ?

— Comment ?

— Du maquillââge. Vous ne portez pas de maquillââge ?

— Non.

— Meeerde ! C'est votre visage normal, alors ?

— Oui. »

En m'entraînant vers l'escalier, elle a posé sa main fine et blanche sur mon bras.

« Au fait, Jaffa, ne le prenez pas mal, mais on ne dit pas "comment". Dites plutôt "pardon". "Comment" est réservé aux hommes d'affaires qui éructent dans les bistros de Birmingham. »

Dodo nous a rejointes dans l'escalier. Elle aussi était transformée, dans une robe dos nu en velours soyeux, avec ses cheveux noirs relevés en chignon, et le cou propre. Caroline a marqué sa désapprobation.

« Encore en noir, Dodo ?

— Oh, je ne peux pas porter de couleur, Caroline. Je suis loin d'être assez heureuse.

— Tu dois passer à autre chose maintenant, Do. Geoff moisit dans son cercueil depuis trois ans. »

Dodo s'est tournée vers moi. « On ira voir Geoff demain. C'est dimanche, non ? On lui apportera des fleurs.

— Je dois retrouver mon frère à l'aéroport…

— On aura le temps de faire les deux. » Dodo m'a pressé la main et nous sommes entrées dans la salle à manger.

Pendant le dîner, les convives ont demandé à Dodo de les régaler d'anecdotes amusantes sur Cartonville. Rien de ce qu'elle a raconté ou presque n'était vrai. Moi, je n'ai pas beaucoup ri. Cartonville n'est pas drôle. C'est un endroit bien réel.

Le politicien célèbre a posé à mon amie la question qui me trotte dans la tête depuis que je la connais.

« Pourquoi j'habite à Cartonville, et pas dans cette maison ? Bon, alors… »

Après avoir tenu un moment son public en haleine, elle a fini par déclarer : « Je ne supporterais pas de vivre ici. Caroline met des gants en caoutchouc pour s'essuyer le derrière, hein, Caroline ?

— Je ne vois pas ce que… » Caroline pinçait les lèvres.

Dodo a continué. « De toute façon, je suis officiellement cinglée. La police me recherche.

— Elle nous compromet tous par sa présence, est intervenu Nick. Surtout vous, Podger. Si la presse… »

Podger s'est penché en avant au-dessus de la table ; un de ses coudes était en contact avec une tranche de kiwi abandonnée dans son assiette hexagonale, mais personne ne l'a prévenu ; c'était quelqu'un de trop important.

« Pourquoi êtes-vous recherchée par la police, Dodo ?

— Parce que je suis une meurtrière. »

Autour de la table, les exclamations mal étouffées ont failli éteindre les bougies.

« J'ai assassiné Geoff.

— Arrête de faire ton intéressante, Dodo. Le médecin légiste a conclu que la mort de Geoff était un accident… Bon sang ! Qui voudrait d'une sœur comme elle chez soi ? »

La plainte de Nick a été largement ignorée. Chacun fixait Dodo en espérant d'autres révélations. Caroline a laissé tomber d'une voix sentencieuse : « C'est ce chat minable qui l'a tué. Geoff est mort pour que le chat puisse vivre. »

Dodo a bu une gorgée de champagne. « Oui, j'aurais dû tuer le chat, en fait. J'ai pris la mauvaise décision. »

Tout le monde s'est ensuite détendu, sauf moi. La maîtrise des innombrables couteaux et fourchettes m'avait terriblement stressée. Ainsi que les artichauts et les rince-doigts. Et les plaisanteries. Et les références. Je suffoquais de me trouver si près du célèbre politicien. J'ai pourtant entendu une conversation fort intéressante, particulièrement instructive sur le Scandale avec un S majuscule. De l'avis de la tablée, tous les évêques et les chefs de la police étaient des bouffons ; un membre de la famille royale sniffait de la cocaïne ; les juges étaient de vieux schnocks séniles ; les haut gradés de l'armée, de l'aviation et de la marine étaient tous des « gagas » ou des « psychopathes », parmi lesquels on trouvait même un « sycophante pleurnichard » ; et la maîtresse de Podger était partie à Los Angeles pour se faire liposucer les cuisses et les genoux afin de pouvoir suivre la nouvelle mode des jupes courtes.

Au café, l'une des invités, Amanda, a dit : « Podgie, quand allez-vous être raisonnââble avec les chômeurs, vous et vos collègues ? »

J'ai soufflé, enfin.

« Vous les gâtez beaucoup trop, mon cher, avec toutes ces allocations pour lesquelles ils n'ont même pas à tendre la main. Pas étonnant qu'ils ne veuillent pas travailler. Qui le voudrait, à leur place ?

— Foutaises ! » C'était Dodo.

« Je ne pense pas que ce sont des foutaises, Dodo. » Amanda souriait. « Il suffit de lire les annonces d'emploi dans le *Times*. Le travail ne manque pas, pour les volontaires. N'ai-je pas raison, Podgie ? »

Podger leva à contrecœur son célèbre visage. Sans croiser le regard d'Amanda, il répondit : « Dans l'ensemble, vous avez raison, bien sûr, quoique…

— Vous voyez, Dodo. Le ministre est d'accord avec moi. »

Caroline virevoltait autour de la table et prenait des photos de ses invités avec un Polaroïd. Podger m'a attirée vers lui en me passant un bras désinvolte sur l'épaule. Son index était à un centimètre de mon sein gauche, au-dessus du décolleté. Quand le flash s'est déclenché, il a ouvert la bouche en feignant un air jovial. Il avait visiblement l'habitude d'être photographié et savait prendre la pose.

À minuit, Caroline a annoncé la fin de son anniversaire, et le début du mien. Les voix de mes compagnons à l'accent si distingué se sont unies pour chanter :

*Joyeux anniversaire,*
*Joyeux anniversaire,*
*Joyeux anniversaire, chère Jaffa,*
*Joyeux anniversaire*

Dodo s'est endormie, la tête sur la table, et tout le monde a décrété : « Mon Dieu, vous avez vu l'heure ? Nous devons absolument partir. » Mais personne ne s'est levé, ils ont continué à parler.

AMANDA : on peut dire ce qu'on veut d'Hitler, mais il savait une ou deux choses. Il savait établir des priorités.

CAROLINE : Avez-vous remarqué qu'il n'y a pas un seul youpin à cette table ? N'est-ce pas meeerveilleux ?

*Rires*

PODGER : Je trouve l'ambiance très Troisième Reich, ce soir.

*Éclats de rire*

ANNA [journaliste] : J'en ai assez de voir des visages noirs chez Harrods... (*silence*)... autant le personnel que la clientèle.

*Jappements approbateurs*

DODO (qui s'était réveillée) : Je ne peux pas vivre dans cette maison parce que je suis communiste. Mon souhait le plus cher est de voir un jour vos sales mains embrochées sur des piques, et promenées aux yeux de tous... Où est-ce qu'on les promènera, Jaffa ?

MOI : Sur le pont de Westminster.

*Silence*

Au bout d'un moment, Caroline a déclaré : « OK, Dodo, j'ai pensé que tu nous amuserais pendant quelques heures, mais tu deviens fatigante. J'appelle le chauffeur pour te raccompagner. Cartonville, c'est ça ? Tu devras peut-être lui indiquer le chemin. »

Nous sommes montées nous changer, mais Caroline, qui nous avait suivies, m'a lancé : « Gardez la robe verte, espèce de plouc du Nord. Vous croyez vraiment que je la remettrai, maintenant qu'elle est imbibée de votre transpiration de prolo ? » Dodo lui a saisi le doigt et l'a tordu. Caroline a hurlé comme une écolière. Nick s'est rué dans l'escalier pour séparer les deux femmes. Il avait le visage horriblement grimaçant. « Fiche-moi le camp, sale coco, et ne reviens plus jamais ! »

Les invités sont intervenus et ont tenté de calmer le frère et la sœur, mais, au cours de la bousculade, Dodo a quand même eu le temps de griffer le visage de Nick jusqu'au sang. Il est fréquent de voir et d'entendre des scènes semblables au lotissement des Chemins Gris le soir. La seule différence, ici, c'était que les gens qui hurlaient et se battaient avaient de l'argent, du pouvoir, un statut social – et aussi, ils savaient qu'ils ne seraient pas arrêtés pour trouble à l'ordre public. Même s'il y avait un agent en uniforme assis dans la cuisine.

Nous sommes reparties lestées de valises et de paquets. Dodo avait emporté tous ses vêtements, ainsi que plusieurs tenues appartenant à Caroline. Nous avons fourré ce barda dans le coffre de la grosse voiture noire, puis nous sommes montées à l'arrière. La voiture a démarré.

« Chauffeur, allumez la lumière, je vous prie. Jaffa, regarde ce que j'ai piqué sur la table. » Dodo m'a montré la photo de moi, l'air à moitié nue, avec le célèbre politicien, l'air complètement débauché, qui semblait m'agripper le sein gauche.

« Où allons-nous, madame ? s'est enquis le chauffeur.

— Au Ritz.

— Bien, madame. »

Dodo avait volé mille livres dans le tiroir à chaussettes de son frère. Elle a justifié son geste en expliquant que Nick était totalement corrompu et que, de toute façon, la moitié de la maison de Flood Street lui appartenait ; mais il ne voulait pas vendre avant que les riches Arabes n'aient commencé à s'installer dans le quartier. J'avoue que je ne l'ai pas désapprouvée.

Les portiers du Ritz se sont gentiment chargés de nos encombrants bagages et, moins d'une demi-heure plus tard, Dodo et moi explorions notre suite. Un serveur italien laconique nous a apporté du champagne et des toasts beurrés et nous a dit que nous étions belles. Il est revenu peu de temps après avec une corbeille de fleurs sauvages de Norvège.

« Quelqu'un est mort. Ce serait dommage de les gâcher. »

Dans le bain, j'ai demandé à Dodo si elle était vraiment communiste. Elle est sortie de l'eau mousseuse, est allée fouiller dans ses bagages et est revenue dans la salle de bains – *une* des salles de bains – une petite carte à la main. Oui, elle était membre du parti.

Il y avait quatre lits dans la suite. Nous en avons choisi deux et nous sommes couchées. Juste avant que mes yeux ne se ferment, j'ai révélé à Dodo que je m'appelais Coventry Dakin et que j'avais assassiné Gerald Fox.

« Je sais, a répondu Dodo. Ton visage s'étalait dans tous les journaux samedi. D'accord, tu ne ressembles plus du tout à ta photo, maintenant, mais j'ai pigé. Pas bête, la guêpe ! »

Le lendemain matin, comme Dodo se sentait coupable d'être venue au Ritz, elle a glissé un énorme pourboire au serveur qui nous apportait notre petit déjeuner et les journaux. Moi, je n'éprouvais pas la moindre culpabilité ; tout me ravissait. Les peignoirs épais, le savon, le jus d'orange fraîchement pressé, les croissants tièdes, le bacon, le mobilier à feuille d'or, les murs roses, le triple vitrage, l'eau chaude dans les salles de bains et la vue sur le parc – Green Park, selon Dodo.

Nick a téléphoné alors que nous mangions encore.

« Sale petite voleuse.

— Sale gros voleur.

— Rends-moi mon fric. Et Caroline exige de récupérer sa robe Jean Muir. Je te donne jusqu'à midi. Après, j'appelle la police et l'hôpital des cinglés. »

Nous sommes parties du Ritz à onze heures cinquante-cinq. Nous sommes rentrées en taxi à Cartonville et avons rangé nos bagages dans nos frigos. Puis Dodo a menacé James Spittlehouse de terribles représailles s'il ne surveillait pas nos affaires.

« Si vous détournez les yeux de notre maison ne serait-ce qu'une seule seconde, Spittlehouse, je montre à tout le monde votre petit zizi rose de puceau. »

Pas gentil, mais efficace. Nous lui avions laissé les restes de notre repas du Ritz. Il avait une serviette en lin rose coincée dans le col de son vieux manteau, boutonné jusqu'au cou, et des miettes de croissant sur la poitrine. Il a demandé à quelle heure nous serions de retour. Nous avons répondu que nous ne savions pas.

Nous avions un planning chargé. Rendre visite à quelqu'un dans un cimetière, d'abord, puis aller accueillir un passager à la descente d'un avion.

## 29

## Dimanche matin

Balle de Tennis et Couteau à Pain échangèrent un regard par-dessus la table du petit déjeuner. La BBC venait de leur apprendre que leur fille, Coventry, se trouvait à Londres. Quelle idée.

« Qu'est-ce qu'elle fabrique à Londres ? » s'exclama le père de Coventry en renversant son petit corps grassouillet sur sa chaise.

La mère de Coventry fit une moue pincée telle qu'on en voit dans les dessins animés et ne dit rien. Elle désapprouvait le choix de Londres. La presse populaire lui avait enseigné que Londres n'était peuplée que de stars droguées, dépravées, et d'un ramassis de conseillers municipaux communistes. D'accord, la reine y habitait, mais elle était protégée de la racaille par un haut mur et des patrouilles de sécurité.

Elle débarrassa la table puis s'attela à la vaisselle, tâche longue et laborieuse. Chaque bol, assiette, tasse, soucoupe, couteau, fourchette, cuillère et coquetier était lavé, rincé trois fois, puis essuyé avec un torchon stérilisé avant d'être rangé dans un placard désinfecté tous les jours.

Les parents de Coventry avaient refusé de parler du meurtre de Gerald Fox, et de la manière dont leur fille était impliquée dans cette mort. Interrogés par une femme policier, ils avaient expliqué qu'ils étaient des « gens propres » qui changeaient leurs draps et leurs serviettes tous les jours, « pas une fois par semaine, comme certaines personnes négligées ». Lorsqu'on avait demandé à la mère de Coventry si sa fille avait eu une liaison avec Gerald Fox, elle avait répondu : « J'utilise cinq bouteilles de désinfectant par semaine, hein, papa ? »

Le père de Coventry avait hoché la tête. Ahurie, la policière avait renoncé et quitté la maison aseptisée.

Alors que Couteau à Pain déposait la dernière petite cuillère dans le tiroir, la sonnette de la porte d'entrée retentit et elle entendit les voix de ses petits-enfants qui se disputaient vivement sur le seuil. Ils passaient toujours le dimanche matin. C'était extrêmement dérangeant.

« Demande avant d'emprunter mes affaires, Mary.

— Oh, la ferme ! C'est juste une écharpe. »

Couteau à Pain alla prendre deux sacs en plastique dans le placard pour les chaussures des enfants. Le temps qu'elle ôte les multiples verrous, chaînes et loquets à la porte, John et Mary étaient déjà en chaussettes.

« Salut, mamie. Maman est à Londres. »

Couteau à Pain remarqua que John avait les ongles mal coupés et sales, ce qui la révulsa.

« On va partir la chercher, annonça Mary en plaçant ses chaussures dans le sac que sa grand-mère lui tendait.

— Dis donc, toi, tu es fâchée avec le cirage ou quoi ? » fit remarquer Couteau à Pain en examinant les chaussures.

Les enfants entrèrent dans le salon et s'assirent sur le canapé protégé par un plastique. Balle de Tennis se leva d'un bond pour les accueillir. « Alors, elle est à Londres.

— Oui, répondit John. On va y descendre.

— Monter, corrigea Mary. On monte à Londres.

— Descendre, répéta John.

— Monter.

— Arrêtez de gigoter comme ça, gronda leur grand-père. Vous froissez le plastique. »

Dans la cuisine, leur grand-mère astiquait furieusement les vilaines chaussures.

## 30

## Sly resserre l'étau

Pendant que l'érection de Sidney retombait, l'inspecteur Sly appuya en vain sur tous les boutons du téléphone. Au bout de vingt secondes de cette ridicule manipulation, il dut se rendre à l'évidence : Sidney Lambert avait raccroché. Il fit de même et ordonna à un jeune factotum en uniforme d'appeler une voiture et un chauffeur. Il partait à « la Fumée[1] », dit-il.

Il appela Derek chez lui. Savait-il si sa femme avait des amis ou des relations à Londres ? Non, ils n'étaient jamais allés à Londres. Ils ne connaissaient aucun Londonien. À entendre Derek, Londres était un endroit aussi éloigné et inaccessible que Saturne.

L'inspecteur Sly annonça qu'il comptait s'y rendre le lendemain, « si les conditions météo le permettaient ».

Il parlait de ce déplacement comme d'une équipée polaire avec des chiens tirant un traîneau chargé de vivres. Un voyage semé d'embûches au cours duquel les éléments air, terre, eau et feu se ligueraient contre lui. En un sens, il avait raison.

1. *The Smoke* : ancien surnom de Londres.

L'autoroute Mi exigeait – et obtenait – des sacrifices humains tous les jours.

Sly téléphona ensuite à sa femme et la pria de lui préparer une petite valise. Il « resserrait l'étau autour de Coventry Dakin », et « risquait d'être absent un certain temps ». La femme de Sly fit de grands gestes réjouis en apprenant cette nouvelle, mais veilla à n'en rien laisser paraître dans sa voix. Pareille duplicité était devenue une seconde nature chez elle.

Elle avait épousé Sly vingt-sept ans auparavant, alors qu'il était encore élève policier, idéaliste, et qu'elle ramenait un salaire de dactylo. Ensuite, elle l'avait vu changer peu à peu et se transformer en brute. C'était à force de côtoyer tous ces criminels, pensa-t-elle en allant repasser les amples chemises en coton de son mari dans la buanderie.

L'inspecteur Sly commença à se préparer pour le lendemain. Il fourra dans son attaché-case des dossiers, des disquettes informatiques, et quantité de photos montrant Coventry en train de danser, de nager, de biner son jardin ; avec des nouveau-nés ; faisant tournoyer un cerceau autour de sa taille ; assise sur une couverture dans un parc, éblouie par le soleil ; épluchant des pommes de terre ; changeant une couche ; lisant le *Daily Mirror* sur le banc d'un jardin public. Coventry avec Mary, avec John ; Coventry en pantalon, en short, en manteau, en robe d'été ; et enfin, Coventry pointant un pistolet sur l'objectif, photo que Sly avait choisie pour « accrocher » les médias.

## 31

## Je quitte Londres

« Geoffrey est là-bas. »

Dodo a désigné un îlot d'arbres un peu plus loin. Nous étions à la campagne ; debout dans un cimetière surveillé par une église austère. Des tombes de guingois, envahies par la mousse, dressaient leurs formes insolites. Nous nous sommes approchées en foulant l'herbe haute et mouillée. Geoff reposait sous une dalle de marbre rose et gris conçue par un décorateur.

Sur la stèle, on pouvait lire :

Geoff est là, c'était le mari de Dodo.
Elle l'aimait.
1946-1985.

Au pied de la tombe, il y avait une bouteille de Coca-Cola contenant un reste d'eau où se pressaient des abeilles prisonnières.

« Une bouteille de Coca-Cola ? me suis-je étonnée.

— Les habitants du village piquent les vases, répondit Dodo. Geoff n'aurait pas été choqué ; il avait un sens de l'humour incroyable. »

Elle avait apporté un petit bouquet de freesias. Après avoir glissé les fleurs dans le goulot, elle a arrangé le bouquet à son goût, puis a posé la bouteille en plein milieu de la dalle et est partie. Je l'ai rattrapée dans l'allée sombre et humide, bordée d'ifs, qui reliait l'église au cimetière. Là, elle a annoncé en souriant : « Bon, la tombe du mari, c'est fait. Maintenant, l'avion du frère… »

Le taxi londonien qui nous avait amenées nous attendait à l'extrémité de l'allée. Le chauffeur, qui jetait des regards méfiants aux arbres et aux prés tout autour, semblait éprouver les prémices d'une attaque d'agoraphobie. Nous l'avions convaincu d'accepter une course à la campagne en lui montrant une liasse de billets de vingt livres. Son visage s'est éclairé quand Dodo a ordonné : « Emmenez-nous à l'aéroport de Gatwick. »

Mais avant que la voiture n'ait le temps de démarrer, un troupeau de vaches trottinant sur leurs pattes grêles a débouché au coin de l'allée et, bientôt, nous étions entourés de bons yeux bruns qui fixaient sur nous des regards empreints de curiosité.

« Qui s'occupe de ces bêtes-là ? s'est écrié le chauffeur.

— Les vaches sont les divas du règne animal, a déclaré Dodo. Regardez-moi ces cils de star !

— Sauf que les cantatrices ne défèquent pas sur scène », a répliqué le chauffeur en considérant d'un air dégoûté les excréments lâchés çà et là avec la plus parfaite désinvolture.

Une rangée de maisons basses d'allure rustique s'étirait en face de l'église. À une porte est apparue une femme portant un panier en osier.

Elle a contemplé un instant les vaches, puis, sortant dans son jardinet, s'est penchée pour cueillir des capucines qu'elle a ensuite déposées au creux de son panier. Elle offrait un spectacle simple et charmant dans sa jupe à godets, avec ses cheveux retenus en arrière par un ruban. Même ses bottes en caoutchouc vert ne déparaient pas ce tableau idyllique, ainsi que je l'ai fait remarquer à Dodo.

« Oh, celle-là, a dit Dodo. C'est Veronica Minton. Une banquière… Elle a un Télex et trois téléphones dans son salon. »

Dodo a abaissé sa vitre. « Veronica ! »

Veronica a pivoté. Bien qu'elle ne parût pas enchantée de voir Dodo, elle s'est approchée.

« Dodo… Vous êtes allée sur la tombe de Geoff ?

— Oui. Comment se passe la vie à la campagne ?

— C'est atroce.

— Atroce ?

— Oui, nous allons vendre.

— Pourquoi ?

— Le bruit, le manque de confort, et le vandalisme. Vous n'imaginez pas ! Avez-vous vu ce que les voyous du patelin ont écrit sur le monument aux morts ? Et ces horribles vaches. Quatre fois par jour, elles passent devant chez nous. La bouse, la puanteur, les émanations de gas-oil du tracteur… Et le vacarme, quand le pub du village flanque les gens dehors… Il n'y a aucun endroit où les enfants peuvent jouer… Nous avons été cambriolés trois fois, et rien ne pousse.

— Vos capucines sont jolies.

— Évidemment, a répliqué Veronica. Elles aiment les sols pauvres.

— Où allez-vous déménager ? a demandé Dodo.
— Dans un endroit calme. À Clapham[1]. »

Un garçon d'une douzaine d'années a surgi au détour du chemin, armé d'un bâton dont il a menacé quelques vaches récalcitrantes. Le chauffeur de taxi s'est avancé lentement entre les bêtes.

Le garçon a poussé un cri strident. « Ça va pas, non ? Faites attention aux vaches ! » Brandissant son poing par la fenêtre, le chauffeur s'est mis à vociférer pour accompagner ce geste traditionnel. « Si tu nc fais pas déguerpir tes bestiaux en vitesse, je te les réduis en biftecks, moi, et ça ne traînera pas ! »

Veronica lâcha un profond soupir. « Vous voyez ? À la campagne, les rapports entre les gens sont vraiment détestables. Chacun montre toujours son plus mauvais côté. »

Pendant que nous traversions le village à toute vitesse, j'ai remarqué que l'unique boutique s'appelait « Épicerie générale », et que le monument aux morts était couvert de graffitis, dont le plus visible clamait : « Veronica est nulle. » De vastes prairies s'étendaient jusqu'à l'horizon. Dodo se taisait. Plus loin, elle m'a indiqué une bâtisse qui apparaissait entre les arbres d'un terrain boisé.

« Geoff est né dans cette maison.
— Ses parents y habitent encore ? ai-je demandé.
— Non, c'est devenu une résidence de retraite pour personnes de bonne famille.
— Ça fait une trotte à pied pour aller à l'Épicerie générale. »

Dodo est retombée dans le silence.

1. Quartier résidentiel chic du sud de Londres.

Je n'avais jamais pris l'avion, je n'étais même jamais entrée dans un aéroport. Gatwick me fit l'impression d'un labyrinthe grouillant de rats, mais Dodo semblait connaître parfaitement le chemin et repérer les panneaux qu'il fallait lire. Elle m'a annoncé que l'avion de Sidney atterrissait à dix-huit heures dix.

Comme il nous restait trois heures et cinq minutes à tuer, nous avons mangé dans un restaurant, assises près d'une fenêtre parce que Dodo voulait voir les avions décoller et se poser. Ça n'avait pas l'air d'être une mince affaire.

Quatre Américains se sont installés à la table voisine de la nôtre et ont choisi des steaks. Ils parlaient et riaient fort. Très poliment, ils ont demandé à la vieille serveuse son avis sur les salades proposées en accompagnement. Quand elle est repartie de son pas fatigué, ils ont allumé des cigarettes et se sont mis à parler boutique, poursuivant manifestement une conversation antérieure. Un homme en veste à carreaux oranges et verts a déclaré : « Les télégrammes chantés, c'est banal maintenant. Tout le monde en reçoit pour son anniversaire, pas vrai ? »

Les trois autres Américains ont répondu en chœur : « Ben oui.

— Et aussi pour d'autres événements heureux, pas vrai ?

— Ben oui.

— Le marché européen est saturé. Il y a des porteurs de télégrammes déguisés en King Kong, en gramophone, en bisous… »

Un autre homme avec une coiffure délirante l'a interrompu. « On sait déjà tout ça, Wayne. Bon sang, il passe une semaine en Angleterre et il devient d'une lenteur ! »

Wayne a pouffé avec les autres. « Tu as raison. J'ai dû attraper ça à force de prendre les trains de British Rail. »

S'ils ont ri ? À ne plus pouvoir s'arrêter. Enfin, Wayne s'est ressaisi et a résumé en s'essuyant les yeux : « Donc, le marché est statique, il n'y a pas d'innovations… Vous êtes d'accord ?

— Allez, Wayne. Accouche !

— Tais-toi un peu, Conroy. Faut bien que j'explique. Je suis sur le point de vous balancer un nouveau concept. Prêts ?

— Vas-y, balance.

— Des télégrammes chantés pour des événements malheureux.

— Malheureux ?

— Oui. Un divorce, un deuil, une séparation… Ou bien si on veut dire à une fille qu'elle est trop grosse… Hé, Steel, quelle serait la pire chose à annoncer à ta mère pour toi ?

— Que je suis séropositif ?

— Non, je te parle d'une mauvaise nouvelle hypothétique. Qui la concerne, elle. Elle est vieille, elle est malade…

— Qu'elle va mourir ?

— Voilà. Tu n'aurais pas envie de le lui annoncer toi-même, hein, Steel ? Elle est en phase terminale.

— Ah non, alors.

— Le médecin ne veut pas s'en charger…

— Tu m'étonnes.

— Alors, tu lui fais livrer un terminal-gramme.
— Un quoi ?
— Un terminal-gramme. »

Wayne s'est levé et a commencé à chanter sur l'air de « Siffler en travaillant » :

*Oh les beaux jours heureux !*
*Voici venus les adieux…*

Steel a lâché : « Wayne, c'est carrément infâme.
— Attends, Steel, a dit Conroy. Ça pourrait le faire. Tu as quelque chose pour annoncer à ta femme que tu divorces ? »

Wayne a réfléchi un instant, puis il s'est remis debout et a chanté sur l'air de « Comme d'habitude » :

*Ton-on mari ne t'aime pas*
*Il est allé voir un avocat*

*Et dans quelques mois*
*Un juge tranchera…*

Le quatrième homme a tonné : « C'est sensass. Imaginez un peu ! Les inspecteurs du permis de conduire n'auront plus à s'inquiéter de recaler les candidats. Ils feront appel à des professionnels pour communiquer les résultats. » Il a chanté sur l'air de « Strangers in the Night » :

*Vous rouliez si vite*
*Le feu rouge avez franchi sans limite*
*Mademoiselle, vous repasserez*
*Calmée…*

Wayne a poussé une exclamation enthousiaste en assénant une claque sur l'épaule du quatrième homme. « Burdock, tu es fantastique. Ça va marcher, j'en suis sûr. Cinquante mille dollars chacun, et on est bons. On ouvre le premier bureau à Londres… Les temps s'y prêtent. »

Leur commande est arrivée. Steel, Conroy, Wayne et Burdock ont attaqué les minuscules steaks anglais avec des grognements et des couteaux émoussés.

« Dites voir, madame ! a lancé Wayne à la serveuse. Vous n'auriez pas une bonne bouteille de vin français ? On a quelque chose à fêter. »

La serveuse a apporté une bouteille de nierstei-ner – un vin allemand, a chuchoté Dodo –, mais les Américains l'ignoraient ou ne s'en sont pas aperçus. Ils enchaînaient joyeusement leurs petites chansonnettes pour illustrer divers désagréments de la vie.

*Toi qui, hier, croyais tous tes soucis envolés*
*Voilà que ta voiture par la fourrière est enlevée !*

# 32

## Le gentil agent Horsefield

Sly avait ordonné au chauffeur de la voiture de police de s'arrêter sur la bande d'arrêt d'urgence de l'autoroute. Ils venaient de dépasser Newport Pagnell. Dehors, il s'adressa avec dureté au jeune policier dont il exigeait de prendre la place au volant.

« C'est quoi, cette conduite de tapette à cent quarante ? Faut écraser le champignon, mon gars. Je suis pressé, moi. J'enquête sur un meurtre.

— Il y a beaucoup de circulation, répondit le jeune agent dans le fracas des énormes camions qui se suivaient en file ininterrompue.

— Je vais vous montrer ce que j'en fais, de la circulation, grommela Sly. Asseyez-vous à l'arrière. »

Le sergent Horsefield s'exécuta et prit place sur la banquette. Il s'attendait à quelque chose dans ce genre-là. Comme chaque fois. Mais puisqu'il craignait encore plus l'inspecteur Sly que de mourir sur l'autoroute, il murmura une prière silencieuse à la Vierge Marie, posa les pieds bien à plat sur le plancher et ferma les yeux. Sly déboîta juste devant un semi-remorque qui dut freiner brusquement. Puis il doubla (par l'intérieur) un minibus plein de joueurs de fanfare et se rabattit violemment sur la voie rapide, où il demeura, usant du gyrophare et obligeant les autres conducteurs à dégager la route devant lui. L'aiguille du compteur de vitesse atteignait parfois cent quatre-vingt-dix kilomètres-heure.

Personne ne parlait dans la voiture. Horsefield regretta de ne pas avoir rédigé son testament, ainsi que l'avait souvent suggéré sa femme. Horsefield était un gentil garçon. Il croyait en la loi et en la justice, mais pas nécessairement dans cet ordre-là. Il avait un diplôme, un accent qui trahissait son instruction, et, malgré ces handicaps, il s'était fait des amis et exerçait même une certaine influence au sein de la police. En secret, Horsefield était aussi un fervent croyant. Il récitait ses prières dans la salle de bains le soir, à genoux sur le tapis, en joignant les mains comme un enfant.

# 33

## Juste avant l'atterrissage

Sidney Lambert ne se sentait jamais plus heureux que lorsqu'il se trouvait dans un avion : personne ne pouvait l'atteindre. On lui donnait à manger et à boire ; il jouissait de la présence de sa femme bien-aimée à ses côtés ; et, comble du plaisir, pendant toute la durée du vol, il y avait la possibilité d'une mort soudaine, délicieuse menace qui ajoutait toujours du piquant à la vie. Sidney se renversa confortablement contre le dossier de son siège, sans se soucier du passager assis derrière lui. Ruth et lui étaient vêtus entièrement de blanc, afin de mieux exhiber leur bronzage au milieu des mines blafardes du mois d'octobre en Angleterre.

Dans le compartiment à bagages au-dessus de sa tête étaient rangées les assiettes souvenirs et les bouteilles de vinho verde qu'il avait achetées en *duty free* à l'aéroport de Faro. Ruth portait une nouvelle bague en diamants et or, cadeau que lui avait gagné sa docilité, et dont le coût dépassait largement le montant minable autorisé par les douanes anglaises. Tout allait donc pour le mieux. Il était heureux, Ruth était heureuse, et le reste du monde pouvait aller se faire voir.

À dire vrai, il n'aurait pas été mécontent de mourir maintenant – s'il le fallait, si telle était la volonté de Dieu. Oui, à tout prendre, il choisirait cet instant. Il serrerait Ruth dans ses bras, puis l'eau, ou les flammes, les engloutiraient ensemble. On aurait bien le temps de boire un dernier verre, non ? Et si Ruth se mettait à hurler, il l'assommerait. Peu importait que Ruth soit consciente, du moment qu'elle était là.

Dommage pour la pauvre vieille Cov. Dans quel pétrin elle s'était fourrée ! Enfin bon, ce n'était pas son problème. Il ferait de son mieux pour l'aider, bien sûr, mais jusqu'à un certain point seulement. Enfin, quoi, Ruth et lui avaient leur vie, et rien ne viendrait en déranger le cours. Ça, pas question. Si la police l'interrogeait à l'aéroport, d'accord, il répondrait à deux ou trois questions. Avec son sens du bagout, il arriverait bien à se dépêtrer de ces fichus inspecteurs. Pas vrai ? Oh, bon sang… Un bébé qui se mettait à pleurer maintenant. Il allait attendre deux minutes, non, une minute, et ensuite il sonnerait pour se plaindre à l'hôtesse. S'il y avait bien une chose qu'il ne supportait pas, qu'il ne tolérait pas, c'était un bébé qui chialait. Heureusement que Ruth s'était montrée raisonnable en acceptant d'avorter plusieurs fois. Auraient-ils pu prendre des vacances à l'étranger, louer une villa avec piscine s'ils avaient eu des bébés sur les bras, sans parler de tout le matos qu'il faut trimbaler pour les mômes ? Non. Évidemment que non. Et leur maison serait-elle le beau petit palace qu'ils en avaient fait, avec ses moquettes blanches d'une propreté immaculée, si on y avait lâché des gamins qui ne savent que mettre la pagaille ? Sûrement pas. Il suffisait de voir comment les gosses avaient gâché leur mariage, en piaillant dans l'église et en accumulant les bêtises pendant la réception. Il avait pourtant spécifié à la mère de Ruth d'indiquer « soirée sans enfants » sur le carton d'invitation, mais cette crétine avait prétendu que la formule risquait de « heurter les familles des deux côtés ». En tout cas, il se réjouissait que Ruth ait fini par ouvrir les yeux et découvert le vrai visage de sa mère.

« OK, le môme, il te reste encore cinq secondes à brailler avant qu'Oncle Sidney appuie sur la sonnette. Non, mais je rêve. Cette espèce de face-de-lune voyage gratis, en plus, alors que j'ai payé quatre-vingt-neuf livres l'aller-retour, fois deux. »

Ruth tenta de détourner l'attention de Sidney de l'horrible bruit. « Pauvre petit chou, pensait-elle, je ne mettrais pas longtemps à le calmer, moi. »

« Sidney, dit-elle, on arrive dans combien de temps à Gatwick ?

— Dans une heure.

— Formidable. Merci, Sidney. »

Dans une cafétéria de l'aéroport de Gatwick, le sergent Horsefield regardait l'inspecteur Sly engloutir des œufs, du bacon, du pain frit, des champignons, des haricots à la tomate, des frites et des toasts beurrés qui disparaissaient à tour de rôle dans sa bouche de rapace.

« Quel ours mal léché », songea Horsefied. Il mangea proprement son repas plus austère – crudités, céréales et légumes secs –, sans lever les yeux avant d'avoir terminé. Puis il posa son couteau et sa fourchette sur son assiette en les maniant avec le respect que l'on porte à des objets de culte. Sly attrapa un banana split et plongea sa cuillère dans les volutes de crème fouettée qui surmontaient la coupe. Il parla la bouche pleine.

« Ré-umons-nous, o'é ?

— Pardon ? »

Sly avala quatre cent cinquante calories d'un coup. « J'ai dit : Résumons-nous, OK ? Son avion atterrit dans quarante-cinq minutes, OK ? Dès qu'on aura bu notre café, on établit la liaison avec les flics et la sécurité de l'aéroport, et on décide de la marche à suivre, OK ? ...Vous m'écoutez, Horsefield ? J'ai dit : OK.

— Oui, chef, j'ai entendu.

— Quand je dis OK, je vous pose une question, et une question exige une réponse, OK ?

— Oui... OK, chef.

— Bien. Ce que j'aimerais, idéalement, c'est l'arrêter dans l'avion.

— Oh ?

— J'ai vu ça dans un film une fois. Très efficace. Un espion qui essayait de se crapahuter à l'est. »

Horsefield rit. Il était heureux de voir que Sly semblait capable d'un peu d'humour. Mais Sly, lui, ne riait pas.

« Qu'est-ce qu'il y a de drôle ?

— C'est juste l'expression, chef...

— Je ne vous suis pas, Horsefield. Se crapahuter à l'est est une affaire sérieuse. OK ?

— OK ! »

Le corps de Horsefield se gonflait du rire qu'il essayait de réprimer. Il fallait barrer tous les orifices. Ne rien laisser sortir. « Tiens bon, Horsefield. Si tu te permets même un sourire, tu risques ta promotion, ta retraite anticipée et ta confortable pension », se sermonna-t-il intérieurement.

« Donc, Horsefield. Moi, je monte dans l'avion, et vous, vous attendrez aux Arrivées, au cas où cette sale meurtrière aurait le culot de se pointer pour faire un bisou à son frérot. Je reviens... Popaul a besoin de prendre l'air. »

Sly traîna sa silhouette lourde et pesante entre les tables de la cafétéria en direction des toilettes. Horsefield fut alors pris d'un fou rire irrépressible qui lui emplit les yeux de larmes. Quand il réussit enfin à se calmer, il alla téléphoner dans une cabine toute proche. Son jeune fils décrocha.

« Matthew John James Horsefield à l'appareil. À qui ai-je l'honneur ? »

Horsefield rit encore, amusé par la petite voix guindée de son garçon âgé de trois ans.

« C'est papa.

— Coucou, papa. Matthew John James Horsefield à l'appareil...

— Oui, je sais. Tu l'as déjà dit. Maman est là ?

— Non, elle est dans la cuisine.

— Tu peux aller la chercher ?

— Oui. »

Horsefield entendit le bruit du combiné qui heurtait le mur en se balançant au bout de son cordon. Combien de fois avait-il répété à ce gamin de ne pas... ?

« Chéri ?

— Chérie, j'appelle juste pour te dire...

— Rien de grave ?

— Non. Mais Sly a conduit.

— Oh, mon pauvre.

— Qu'est-ce que tu prépares à manger ?

— Purée de pommes de terre verte et bâtonnets de poisson bleus.

— Oh. »

Après que son fils avait un jour regardé une émission de cuisine pour enfants à la télévision, Horsefield, profitant d'une pause déjeuner, s'était procuré six flacons de colorant alimentaire. Sa femme lui avait reproché de trop gâter le petit.

« Il faut que j'y aille, Malcolm. » Horsefield fut tout attendri. Sa femme l'appelait rarement par son prénom. « J'ai laissé la casserole sur le feu…

— Repasse-moi Matthew pour que je lui dise au revoir. »

Entendant les pieds de son fils marteler le plancher de l'entrée, il devina que l'enfant portait encore ses nouvelles bottes d'hiver achetées le matin même.

« Au revoir, Matthew. À demain.

— Pourquoi demain ?

— Parce que je suis à Londres.

— Pourquoi ?

— Parce que je travaille.

— Pourquoi ?

— Pour gagner de l'argent et t'acheter des nouvelles chaussures. C'est bon, Matthew. Arrête de poser des questions.

— Pourquoi ?

— Parce que ça m'agace, tu le sais. Allez, je te laisse. Dis à maman que je l'embrasse.

— À maman que je l'embrasse, répéta Matthew.

— Non, tu lui dis que moi, je l'embrasse. Pas toi. »

Sa femme reprit le téléphone. « Il pleure. Tu l'as grondé ?

— Non, j'ai juste élevé un peu la voix.

— Malcolm !

— Oh, Barbara, qu'est-ce que je fabrique ici ? Je n'ai qu'une envie, c'est d'être avec vous, à la maison. » Sly lui faisait des signes impérieux de l'autre côté de la vitre. « Je t'aime », chuchota Horsefield avant de raccrocher.

Mrs Horsefield s'étonna de l'accent désespéré qui transparaissait dans la voix de son mari. Elle aussi attendait son retour avec impatience.

## 34

## Transition

Très vite, je me suis sentie transportée par l'ambiance qui régnait dans l'aéroport de Gatwick. C'était un endroit formidablement romantique. Au bout des tunnels et des rampes d'accès, il y avait des jungles, des déserts, des villes antiques ; une foule de possibles. J'ai demandé à Dodo comment je pourrais me procurer un passeport.

« Ce serait difficile, mais pas infaisable. Pourquoi, très chère ? Où veux-tu aller ?

— N'importe où. »

J'avais envie de décoller du sol, de percer le ciel, et de disparaître derrière les nuages.

J'ai quarante ans et je n'ai jamais pris l'avion ; je n'ai jamais conduit de voiture ; jamais joué au tennis et jamais mangé dans un restaurant chinois ; depuis mon entrée dans l'âge adulte, je ne suis jamais allée au théâtre, à la patinoire, ou en boîte ; je n'ai jamais porté de jolis sous-vêtements, ni eu de compte bancaire, ni parlé de sexe, d'argent et de politique en société. Qu'est-ce que l'indice Dow Jones, exactement ? J'avoue que je n'en sais rien. Je suis une femme ignorante. Comment est-ce arrivé ? Quand j'étais petite, on me disait intelligente. J'ai remporté des prix pour diverses compétitions cyclistes, épreuves de natation, courses de haies. Et les livres que je lisais à seize ans ! Des ouvrages d'adultes, sur des sujets importants. Pourquoi ai-je arrêté de lire des livres ?

Ce n'est pas la faute de Derek. Non, vraiment, ce n'est pas sa faute. Et pas plus celle de John et Mary. Je suis la seule responsable. Il s'est passé quelque chose, à la suite de quoi je suis devenue timide, effacée, craignant de m'imposer. Avec le meurtre de Gerald Fox, le sortilège s'est rompu. Je suis prête à m'envoler. C'est dur pour Gerald Fox, je sais.

Un dernier avion doit encore atterrir en provenance de l'Algarve. Nous avons prévu de nous tenir en retrait, en attendant que Sidney et Ruth sortent dans le hall des Arrivées. Ensuite, nous les suivrons à distance. Nous serons déguisées, et quand nous jugerons que le danger est écarté, je me ferai reconnaître. Je n'ai aucune idée de ce qu'il se passera alors. Je voudrais demander à Sidney de s'occuper de mes enfants jusqu'à ce que je puisse les reprendre avec moi. Là encore, j'ignore comment Sidney réagira. Il prétend ne pas aimer les enfants, mais je suis sûre qu'il a un faible pour les miens. Ils sont tellement gentils, je ne vois pas comment on pourrait ne pas les aimer. Cela fait maintenant plus d'une semaine que je ne les ai pas vus, et durant tout ce temps, pas une heure ne s'est écoulée sans que je ne pense à eux. Ils sont comme des épines dans mon cerveau. Je les emmènerai avec moi partout où j'irai le restant de ma vie. Seule ma mort m'en détachera.

Derek ne m'a pas manqué. Mais je suis triste à l'idée qu'il devra se débrouiller par lui-même et j'espère qu'il trouvera un jour quelqu'un qui l'aimera. Une personne qui écoute bien, qui s'intéresse aux tortues et sait danser le fox-trot, ce serait l'idéal.

Dodo est au téléphone avec son frère depuis vingt minutes. Je n'entends pas ce qu'elle dit. Je vois seulement qu'elle a un air grave et insistant, et que c'est surtout elle qui parle. Je voudrais qu'elle raccroche vite ; l'avion de Sidney atterrit dans trente-cinq minutes.

# 35

## L’univers de Podger s’effondre

Podger lisait un tabloïd du dimanche dans son bain quand Nicholas Cutbush téléphona. La femme de Podger répondit. Elle commença par refuser de passer l’appel à son mari dans la salle de bains attenante à la chambre. « Franchement, Nick, vous exagérez. C’est le seul moment de la semaine où il se détend. »

La voix de Nicholas se fit hystérique. « Si je ne lui parle pas immédiatement, il dégage et il se retrouve à éplucher les annonces d’emploi dès mardi matin. »

Elle obéit sans plus discuter, aussi prestement qu’elle avait brouillé les œufs pour le petit déjeuner.

« Nick, qu’est-ce qui se passe ? demanda Podger.

— Ma dingue de sœur a une photo de vous en train de peloter les seins d’une meurtrière en fuite.

— Quelle meurtrière en fuite ?

— Bon sang, Podger, vous en connaissez combien ? Jaffa ! Le dîner. Caroline vous a pris en phot…

— Oh, Jaffa. Elle a commis un meurtre ? Mince alors !

— Mince alors. Ça, vous pouvez le dire. Jaffa est Coventry Dakin.

— Qui ?

— Coventry Dakin. Elle a fendu le crâne d'un type avec une figurine Action Man. Ça a fait la une de tous les…

— Je suis foutu.

— Non, pas encore. Dodo exige deux faux passeports.

— Bon.

— Et de l'argent, évidemment.

— Évidemment.

— Aujourd'hui.

— Mais on est dimanche !…

— Sinon, elle envoie la photo à Paul Foot par coursier.

— Le neveu de Mike ?

— Ça ne peut pas être Paul Foot, le pédicure, hein ? Ni Paul Foot, le designer. Oui, Paul Foot, le célèbre journaliste.

— Oh, mon Dieu ! Mon Dieu !… Nick, je vous le confie sous le sceau du secret : madame le Premier ministre doit annoncer la date de l'élection partielle demain.

— Ça ne pouvait pas plus mal tomber.

— Nick, est-ce que je devrais démissionner ?

— Mais enfin, vous avez pris vos fonctions il y a un mois à peine !

— Le scandale… Vous vous rendez compte ? On n'y coupera pas.

— Espèce d'andouille ! Si on perd ces élections, les capitaux s'enfuiront à l'étranger et le pays sera dans la merde jusqu'au cou !

— C’est votre femme qui a pris la photo. C’est votre faute. Dans un dîner, on est censé se trouver entre amis, ou du moins entre gens de confiance.

— D’accord, d’accord. Désolé, Podge. Allons, calmez-vous. Appelez l’agent de permanence pour qu’il établisse les passeports. Vous connaissez Dodo et Jaffa : la quarantaine toutes les deux, pas de signes distinctifs, l’une brune, l’autre blond-roux, même taille – environ un mètre soixante-dix. Elles se sont déjà fait faire des photos d’identité.

— Bien. Je peux finir de prendre mon bain maintenant ?

— Il y a autre chose, Podger.

— Quoi encore ?

— Vous allez dire que c’est impossible, mais il le faut absolument. »

Podger écouta la suite, accablé, dans l’eau qui refroidissait.

## 36

## Je me regarde en face

Dodo a enfin raccroché. « Viens, on va faire des photos dans un Photomaton. »

J'ai choisi le rideau bleu en arrière-plan, j'ai ajusté la hauteur du tabouret, je me suis assise et j'ai pris la pose devant le miroir. Je voulais paraître sérieuse, intelligente, heureuse, triste, sexy, détachée, mystérieuse, et bienveillante ; mais quand la photo encore toute mouillée est sortie, j'ai été déçue. Dodo avait disparu.

« Qu'est-ce que tu en penses ? lui ai-je demandé lorsqu'elle est revenue avec du papier à lettres, des enveloppes et des timbres.

— Tu as l'air pâle, mal dans ta peau, quarante ans bien tapés », a-t-elle déclaré en collant des timbres sur les enveloppes. Dodo ne mâche pas ses mots, elle les réduit en bouillie. « Ce qu'il te faut, Jaffa ma chère, ce sont des vacances. »

Dans la cabine, Dodo a pris huit photos. Quatre, la mine sévère ; quatre autres sur lesquelles elle riait en brandissant la photo de Podger avec moi.

« À conserver dans le dossier, a-t-elle claironné en agitant les photos pour les faire sécher.

— À quoi te serviront-elles ?

— À m'enfuir. Et je t'emmène avec moi, si tu veux venir.

— Où irons-nous ?

— N'importe où. Dans les montagnes du pays de Galles, peut-être. »

Sur le coup, j'ai cru qu'elle plaisantait, ou qu'elle se racontait des histoires. Elle m'a arraché mes photos des mains et les a glissées dans son grand sac en cuir à bandoulière. « Elles seront plus en sécurité ici. »

J'ai trouvé son geste étrange, parce qu'elle sait que je prends toujours grand soin de mes affaires. Je n'ai jamais perdu aucun objet auquel je tenais. Depuis dix-neuf ans, j'ai toujours la même clé de la maison, alors que ma fille en a égaré dix en quatre ans. Oh Mary, ma chérie, si adorable, je me languis de toi. Comme tu serais surprise de lire ces mots. Nous n'étions pas une famille très démonstrative. Nous avons renoncé depuis longtemps aux caresses et aux termes d'affection, et nous sommes devenus gauches, maladroits les uns avec les autres. Je suis désolée que les choses aient évolué ainsi. Mary, ma chérie, je veux que tu restes au lycée et que tu poursuives ensuite tes études ; c'est le seul moyen d'échapper au lotissement des Chemins Gris en conservant sa dignité. Nous ne sommes pas perdues l'une pour l'autre, Mary. Nous sommes liées par un fil bien plus solide que le cordon ombilical qui a été coupé et noué le jour où je t'ai donné naissance. Mary, chérie, ne te tiens pas voûtée et la nuque en avant, marche avec fierté, les épaules droites. Parle sans crainte et articule clairement. Ne mens pas, ne dissimule pas, ne dis pas aux gens seulement ce qu'ils veulent entendre. Et ne m'oublie pas, Mary. Rappelle-toi que je t'aime. Oh, aussi, essaie de ne plus perdre ta clé. Et sois toujours, toujours bienveillante.

L'avion de Sidney a atterri ! Dodo, qui décidément connaît bien les aéroports, affirme qu'il faut au moins vingt minutes pour franchir le contrôle des passeports, récupérer les bagages et passer la douane. Comme le temps nous paraît long, nous dépensons encore un peu de l'argent volé en achetant des pulls, des gants, des écharpes et des bonnets en laine. Dodo dit que nous aurons besoin de vêtements chauds, mais elle n'explique pas pourquoi. Je pense que nous allons nous enfuir au pays de Galles après avoir vu Sidney. Je l'espère. Et tant pis si j'ai l'air ridicule et que j'attire l'attention avec mon manteau en léopard dans les montagnes.

Mon fils chéri est parti en week-end au pays de Galles à l'âge de quatorze ans. C'était un voyage organisé par le collège, mais les élèves ont été pris en charge par un organisme, « Découverte Aventure ». Ils ont quitté notre région de collines en minibus, et, une fois arrivés à destination, ont escaladé un sommet. Mon fils avait encore la tête dans les nuages quand il est rentré à la maison. J'étais contente de cette occasion qui lui était offerte de voir d'autres horizons. Une jeune femme nommée Andrea s'est occupée de lui pendant qu'il descendait une falaise en rappel.

John chéri, j'espère que tu n'oublieras jamais ce jour où ta vie a été tenue entre les mains douces et fermes d'une femme.

## 37

## Bradford arpente les Chemins Gris

Bradford Keynes se tenait debout devant le 13, impasse de Badger's Copse, dans le lotissement des Chemins Gris. Il savait maintenant que Lauren McSkye était aussi Coventry Dakin, et il ne l'en aimait que davantage. Il peinait à croire qu'une femme si belle avait passé la plus grande partie de sa vie adulte dans un endroit aussi épouvantable, qu'elle avait dû fouler ces trottoirs d'un gris affligeant et contempler une telle platitude. Il ne s'étonnait pas qu'une femme comme elle, sanguine, passionnée, ait eu recours au meurtre. C'était une enchanteresse, il lui fallait vivre dans un lieu magique, pas dans cet entassement insignifiant de béton et de brique qu'on appelle un lotissement. Le regard d'artiste de Bradford était rebuté par ces maisons à l'architecture rationnelle, alignant leurs portes étroites auxquelles menaient des allées rectilignes. Il pensa : « Quel néant », et remercia un Dieu auquel il ne croyait pas pour sa propre petite maison du centre-ville, tellement insolite, avec le magasin au coin de la rue et la foule chamarrée qui passait devant ses fenêtres. La porte d'entrée et les fenêtres de style pseudo-victorien du pavillon de Lauren ne lui inspiraient que mépris.

« Elle a épousé un parvenu », songea-t-il.

Puis, piqué par la curiosité, il remonta l'allée et sonna.

La mélodie d'un titre de rap emplit la maison et Derek Dakin ouvrit la porte aussi loin que le permettait la chaîne de sécurité. Bradford ne s'était pas attendu à découvrir quelqu'un de si vieux. Quarante-cinq ans au moins… Il n'avait rien préparé pour se présenter.

« Mr Dakin ?

— Oui ?

— Je suis un ami de votre femme.

— Je ne vous connais pas.

— Non. Comme je viens de vous le dire, je suis un ami de votre femme.

— Ma femme a deux amies, et je les connais toutes les deux. Vous êtes sûr de ne pas vous tromper d'adresse ?

— Votre femme est une artiste de talent.

— Pas de doute, vous vous trompez. À présent, si vous voulez bien m'excus…

— Pourriez-vous me donner quelque chose qui lui appartient ? J'aimerais avoir un souvenir, un objet à garder dans la main… »

Bradford avança sa barbe hirsute dans l'entrebâillement de la porte. Il ne parvenait pas à contrôler l'intonation servile de sa voix. Oh, quelle humiliation ! Il savait qu'il se détesterait le lendemain. Il avait lu des histoires d'amoureux se livrant à des comportements pathétiques, mais jamais il n'aurait imaginé tomber si bas, lui qui s'était découvert introverti en lisant Jung.

« Même un mouchoir, ça irait. Il y a quelque chose dans le panier à linge ?

— Non. Maintenant, allez-vous-en. Ôtez votre pied et votre barbe de chez moi.

— Je l'aime. J'aime votre femme, et quand je la retrouverai, je l'emmènerai et je l'aurai pour moi seul ! » Bradford ne se croyait pas non plus capable de crier avec une telle fougue.

« Vous allez attendre qu'elle sorte de prison, c'est ça ? dit Derek.

— Pourquoi ? Elle est en prison ?

— Non. Mais quand on l'aura attrapée, c'est là qu'elle ira.

— Alors, je planterai ma tente devant les portes de la prison.

— Les autorités ne vous laisseront pas faire. Ce serait une infraction.

— Je louerai un avion et je survolerai la prison en traînant une banderole : JE T'AIME LAUREN MCSKYE. Elle la verra à travers les barreaux de sa cellule.

— Lauren McSkye ? fit Derek avec soulagement. Comme je vous l'ai déjà dit, vous vous trompez d'adresse. Le nom de ma femme, c'est Dakin. Mrs Derek Dakin. »

Derek repoussa violemment le pied de Bradford sur le seuil et claqua la porte, coinçant le bout de sa barbe à l'intérieur. Bradford hurla de douleur, mais Derek, qui commençait à avoir peur de ce fou furieux, se précipita dans la cuisine, trouva les ciseaux et les jeta dehors par la fente de la boîte aux lettres. Bradford fut obligé de couper sa barbe. Il glissa les dix centimètres de poils dans la fente, telle une lettre déposée par le facteur, mais Derek, qui ne voulait pas être accusé de vol, les lui rendit par retour du courrier. Il avait assez de soucis comme ça : les enfants devaient rentrer pour quatorze heures trente, il était maintenant seize heures quinze, et toujours personne, tandis que le déjeuner se desséchait dans le four.

Derek éteignit le gaz et sortit pour gagner sa cabane. Il devait préparer l'hibernation de ses tortues. « Vous avez de la chance, vous, pensa-t-il en caressant les têtes de ses créatures préhistoriques. Vous n'êtes pas mêlées à tout ça. »

## 38

## Les jeunes Dakin deviennent grands

Mary et John Dakin descendirent du car à Gatwick et filèrent aussitôt vers le hall des Arrivées. Ils s'étaient disputés pendant le voyage. C'était l'idée de Mary d'aller attendre Oncle Sid et Tante Ruth à la descente de l'avion. « On demandera à Oncle Sid de nous emmener faire un tour en voiture à Londres. Peut-être qu'on verra maman.

— Mary, tu sais combien d'habitants il y a à Londres ? Des millions.

— Ça vaut le coup d'essayer, non ?

— Si tu veux, mais ne rêve pas trop. Elle n'est pas débile, elle ne va pas rester plantée à Trafalgar Square ou sur une autre place célèbre.

— J'ai du mal à imaginer maman à Londres, pas toi ? Je veux dire… marcher dans les rues, dormir ailleurs qu'à la maison. Elle est trop timide, trop effarouchée.

— Elle n'est pas si timide que ça, répliqua John d'une voix lourde de sous-entendus, pensant au journal secret de sa mère qu'il transportait dans la poche intérieure de son blouson.

— Oh si ! Tu te rappelles la fois où elle a gagné à la tombola et où elle n'a pas osé crier ?

— Quand elle était petite, on lui a appris que c'était mal de parler fort en public. Ce n'est pas sa faute.

— Mais elle a perdu trente-cinq livres qui ont été attribuées au numéro suivant. Elle avait juste à lever la main et à répondre : "C'est moi !"

— Maman est plus complexe que tu ne l'imagines, déclara John. On ne voit que la partie émergée de l'iceberg.

— Tu ne crois pas que Gerald Fox et elle étaient amants, quand même ?

— Je sais qu'ils ne l'étaient pas.

— Comment tu sais ça, toi ? lança Mary, que la suffisance de son frère agaçait au plus haut point.

— Écoute, je n'ai plus envie qu'on se dispute, ni maintenant ni jamais. Arrêtons de nous disputer, d'accord ?

— Quoi, plus jamais ?

— Oui, j'en ai marre. Ça me prend la tête.

— Mais si j'ai raison et que tu as tort, ou que tu as raison et que moi j'ai…

— Dis ce que tu as à dire, c'est tout. Et moi, je ferai pareil. Tu es d'accord ? Mais on arrête de se disputer. Au fait…

— Oui, quoi ?

— Tu es encore en train de mâchouiller ta chaîne en or. Je ne supporte pas. Désolé, mais c'est la vérité.

— Oh ! Au fait, John…

— Oui, quoi ?

— Je ne m'occuperai plus de ta lessive, ni de ton repassage. Désolée, mais je ne veux plus.

— Pas de problème. »

Ils s'aperçurent avec stupeur que chacun pouvait accueillir calmement les remarques de l'autre. Pour la première fois de leur vie, ils n'étaient pas loin de s'apprécier mutuellement, et bien qu'incapables d'expliquer leur sentiment sur le moment ils éprouvèrent ce que cela devait être quand on devient grand.

Ils se postèrent en retrait de la foule qui attendait devant les Arrivées et guettèrent la sortie d'Oncle Sid et de Tante Ruth. Tous deux espéraient que Sid serait de bonne humeur, disposé à les emmener faire un tour en voiture dans Londres. On ne savait jamais avec lui ; c'était quelqu'un de très déroutant.

## 39

## Mes si beaux enfants

Les haut-parleurs de l'aéroport diffusaient sans cesse des annonces, que j'entendais sans vraiment les écouter. Brusquement, j'ai prêté l'oreille.

« John Dakin est demandé au bureau d'information. John Dakin, merci de vous présenter à l'information.

— C'est le nom de mon fils, ai-je dit à Dodo.

— Il doit y avoir des milliers de John Dakin… » Mais Dodo semblait alarmée.

« Où est le bureau d'information ? Où est-ce, Dodo ?

— Je vais te montrer, mais s'il te plaît, Jaffa, reste à distance ; et promets-moi que tu ne feras pas de bêtises. »

En sortant de la cafétéria, nous nous sommes penchées sur la balustrade. Le bureau d'information se trouvait juste au-dessous. Ma fille Mary se tenait debout devant le guichet, l'air inquiet. Elle portait son plus beau manteau et avait changé de coiffure. Ses cheveux blonds étaient maintenant hérissés et couverts d'une substance poisseuse.

« Qu'est-ce qu'elle a mis sur ses jolis cheveux ?

— Du gel, a expliqué Dodo. C'est fou ce qu'elle ressemble à ton toi d'avant. »

Mon fils à la chevelure d'or s'est avancé parmi la foule et a tapoté Mary sur l'épaule. Elle s'est retournée, ils se sont souri. Ils paraissaient soulagés.

« Si tu t'approches d'eux maintenant, tu te retrouveras en prison et tu leur briseras le cœur. N'y va pas, Jaffa ! »

Je ne pouvais détacher les yeux de mes si beaux enfants.

« Dodo, vite, va leur dire que je suis là… s'il te plaît, Dodo. »

Dodo a descendu lentement l'escalier et a abordé mes enfants. C'était un spectacle étrange, dont jamais je n'aurais imaginé être le témoin : ils appartenaient à une sphère différente, et maintenant, Dodo leur parlait, ils regardaient tout autour. Enfin, ils m'ont vue. Dodo a dit quelques mots pressants et ils ont aussitôt détourné la tête. J'étais tendue de tout mon corps vers mes enfants, saisie d'un tel désir pour eux que je me sentais faible, étourdie, et que je devais réprimer les gémissements de frustration qui enflaient dans ma gorge.

John et Mary sont partis, raides et gauches. Dodo m'a rejointe. « Ils vont monter dans un taxi qui va faire le tour de l'aéroport et revenir te prendre en tête de station. Tiens, pour payer la course. » Elle m'a donné un billet de vingt livres. Son visage était livide de peur.

« Je n'ai jamais eu d'enfant, à part Geoff. Maintenant qu'il est mort, je regrette. Même si on n'est plus jamais libre, hein ? Je me trompe ? »

J'ai dit que non, elle ne se trompait pas. Une fois qu'on a eu un enfant, on n'est plus jamais libre.

Dodo a demandé si je voulais toujours m'enfuir. J'ai répondu que je ne savais pas. Un silence est tombé entre nous. Au bout d'un moment, j'ai interrogé Dodo. Pourquoi les haut-parleurs avaient-ils annoncé que John était attendu au bureau d'information ? « Ils s'étaient perdus l'un l'autre, a-t-elle expliqué. Ils sont venus attendre Sidney. Comme toi. »

## 40

## L'inspecteur Sly ferre sa proie

Sidney avait encore appelé l'hôtesse de l'air.

Elle arriva aussitôt et pencha sur lui son visage impeccablement maquillé.

« Nous sommes retardés par un incident technique, monsieur, mentit-elle. Restez assis, s'il vous plaît.

— Mais on a atterri depuis une heure. Quel genre d'incident technique ?

— Ils connaissent leur métier, Sid », dit Ruth. Cette légère remontrance de la part de sa femme étonna Sidney ; et l'inquiéta. Il se souvint que Ruth avait refusé de coucher avec lui la veille et répondu au téléphone contre sa volonté. Mais bon, il n'y avait pas eu d'autres signes d'insurrection – jusqu'à présent.

« Visiblement, non, ils ne le connaissent pas, Ruth. Quelqu'un a fait une boulette… Je sors d'ici immédiatement.

— Je vous en prie, monsieur, nous avons ordre de ne laisser personne descendre de l'avion. » La sueur affleurait maintenant en gouttelettes sur le fond de teint de l'hôtesse de l'air. Une mèche de cheveux s'était échappée de son chignon. Elle devenait enfin une personne humaine, réelle, non plus une machine à distribuer sourires et mots aimables. Un homme fort aux épaules carrées remontait l'étroite allée centrale, de profil. L'inspecteur Sly s'apprêtait à ferrer sa proie. L'hôtesse désigna Sidney du doigt, puis s'effaça pour permettre à la loi de s'exercer.

« Sidney Lambert ? Je suis l'inspecteur Sly. Venez avec moi, je vous prie, et ne demandez pas pourquoi, où, ni dans quel but. Je n'ai pas de temps à perdre avec les détails. Levez-vous et suivez-moi.

— Pourquoi ? Où ? Dans quel but ? demanda Sidney.

— Ils sont au courant pour la bague, Sid ! » Ruth ôta sa nouvelle bague en or et diamants et la remit à l'inspecteur Sly. Après l'avoir examinée attentivement, il déclara : « Très jolie », puis la lui rendit.

« C'est à propos de Coventry, alors ? demanda Sidney tandis qu'il descendait de l'avion par un escalier métallique, flanqué de Sly et d'une poignée de policiers.

— Oui, vous êtes en garde à vue. Je ne vous lâcherai pas tant que vous ne m'aurez pas dit où elle se cache. Je suis en congé la semaine prochaine, j'ai prévu une virée d'ornithologie dans le Norfolk, et je veux que cette affaire soit résolue avant de mettre mes jumelles dans ma valise. »

Sidney frissonna dans ses habits blancs. Après le Portugal, l'Angleterre paraissait grise et délavée. Le temps médiocre stagnait dans une de ses phases intermédiaires : un peu froid, un peu mouillé, un peu brumeux, bref, un peu déprimant. En traversant la piste, Sidney considéra les visages fermés autour de lui. « Les Anglais sont tous des refoulés sexuels », pensa-t-il, en se distinguant de la masse de ses compatriotes.

« Et ma femme ? interrogea-t-il. Que va-t-il lui arriver ?

— Aucune idée, mon brave Sid, et je m'en fiche. Soit elle rentre à la maison dans les Midlands, soit elle vous attend ici, pas vrai ?

— Tout ce je peux vous dire, c'est que Coventry est à Londres.

— Vous voulez parler du Grand Londres, Mr Lambert ? Ou du centre de Londres ? Si vous me donniez plutôt son adresse ? Peu importe le code postal. »

Quand ils entrèrent dans le terminal, Sidney chercha ses cigarettes, puis il maudit la coquetterie qui l'avait poussé à choisir un pantalon moulant et une chemise sans poches. Sly remarqua son agitation.

« Vous fumez, Mr Lambert ?

— Oui, vous avez une cigarette ?

— Non, Mr Lambert. Je suis membre d'une association anti-tabac. »

Sly se frottait les mains. « Ça ne prendra pas longtemps, se dit-il. Il est déjà en manque. D'ici une heure ou deux, il craque. »

## 41

## Coventry fait ses adieux

Le taxi avait déjà fait trois fois le tour de l'aéroport. « Continuez, s'il vous plaît ! s'écria Coventry.

— C'est que je commence à avoir le tournis, moi, gémit le chauffeur.

— Cessez donc de vous plaindre. Vous êtes payé, non ? »

Coventry referma d'un coup sec la vitre qui séparait le conducteur des passagers. Les enfants n'en revenaient pas. D'où lui venait donc cette voix autoritaire ? Une semaine auparavant, leur mère se serait excusée pour l'étourdissement qu'elle causait au chauffeur. Aujourd'hui, elle leur apparaissait dans une entrevue clandestine, organisée par une mystérieuse femme de la haute société entièrement vêtue de noir.

Coventry était assise entre ses deux enfants, les serrant contre elle chacun d'un côté. Dans dix minutes, elle devait retourner dans le terminal. Elle leur expliqua son dilemme.

« J'ai promis à Dodo de revenir. Je crois qu'elle a arrangé notre fuite, au pays de Galles.

— Tu passerais combien de temps en taule ? demanda Mary. Si tu te rendais. »

Ce fut John qui répondit. « D'après papa, environ quatre ans. Avec une remise de peine pour bonne conduite.

— Maman se conduirait forcément bien. Hein, maman ? »

Coventry embrassa sa fille dans le cou, mais elle dit : « En prison, je mourrais, Mary.

— Pourtant, tu pourrais continuer à prendre des cours d'art plastique, non ? lâcha John.

— Tu as lu mon journal ! Oh, John, tu n'as pas fait ça ? Tu n'as pas lu mon journal ?

— Pardon, maman, mais je ne voulais pas que la police le trouve.

— C'est vrai, tu as raison. Tu dois me croire folle.

— Non, pas du tout.

— Quel journal ? questionna Mary.

— Bradford Keynes pense que tu es un peintre magique.

— Qui est Bradford Keynes ? demanda Mary.

— C'était un ami à moi », expliqua Coventry. Son attirance pour Bradford était retombée dès le deuxième cours.

Mary pleurait. « Maman, on peut venir avec toi au pays de Galles, ou là où tu vas ?

— Vous ne devez pas manquer l'école, répondit Coventry. Il faut absolument que vous passiez vos examens. Et papa a besoin de vous !

— Qu'est-ce qu'on va faire sans toi ? dit John.

— Vous allez grandir, et ensuite, on se retrouvera quelque part tous les trois. »

Il y eut un moment terrible quand le taxi revint se placer dans la file. Une fois descendus, après que Coventry eut payé le chauffeur, ils s'accrochèrent les uns aux autres comme des malheureux incapables de se séparer.

Le sergent Horsefield les regardait avec tristesse. Il les avait repérés lorsqu'il avait entendu que John Dakin était demandé au bureau d'information. Le chauffeur du taxi qu'il avait hélé à son tour n'en revenait pas qu'on lui ait ordonné : « Suivez ce taxi ! » La célèbre phrase qu'il attendait depuis dix-sept ans !

Horsefield aurait dû arrêter immédiatement Coventry, ce qui lui aurait attiré félicitations, admiration, et, bien sûr, promotion ; mais plus il observait les membres du trio, plus il rechignait à briser leurs étreintes. Il pria Dieu de lui faire connaître Sa volonté et de lui donner la force de l'exécuter.

Dieu lui conseilla de quitter la police et de s'engager sur la voie de la prêtrise. Aussi, tournant le dos à sa carrière, Horsefield rentra dans le hall des Arrivées, où il découvrit Ruth Lambert assise sur un banc, entourée de bagages et de cartons contenant des assiettes artisanales en miettes. Elle ressemblait trait pour trait à la photo qu'il avait glissée dans sa poche. Petite, d'une maigreur anorexique, avec les dents de travers.

« Elle doit bien avoir quelque chose, se dit Horsefield, toujours charitable, en pensant au beau Sidney dont il transportait aussi la photo.

« Mrs Ruth Lambert ?

— Oui.

— Je suis policier [mais plus pour longtemps, ah non, alors !]. Votre nièce et votre neveu sont venus vous attendre. Ils sont dehors, près des taxis. Si vous voulez, je peux surveiller vos bagages pendant que vous allez les rejoindre. »

## 42

## Détails pratiques

La voiture officielle de Podger, avec à son bord Podger, Nicholas Cutbush et une agent des services secrets nommée Natasha Krantz, entra par une porte réservée aux gros bonnets à l'arrière de l'aéroport et s'immobilisa.

Podger était encore sous le choc. Il venait de révéler à sa femme quelle était la véritable identité de Jaffa, et aussi qu'il avait une maîtresse, une parmi d'autres infidélités conjugales et financières. Une fois lancé, il lui avait été impossible d'arrêter le flot de ses aveux. Sa digne épouse l'avait surpris en sortant de ses gonds et en l'agressant alors qu'il était en train de prendre son bain. Elle avait poussé des cris hystériques, braqué le jet brûlant de la douche sur ses parties génitales et hurlé comme une vulgaire mégère. « Ne compte pas sur moi pour te soutenir et jouer la petite femme courageuse qui se promène main dans la main avec son mari devant les caméras. Il est hors de question que je pose pour la presse en caressant notre bon vieux chien, espèce de salopard ! Si ce scandale éclate, je demande le divorce. Je n'ai pas l'étoffe d'une martyre ! »

Sous le regard de Méduse de sa femme, Podger avait badigeonné de vaseline ses parties intimes rougies et douloureuses. Il n'aurait pas été mécontent, en cet instant précis, de se trouver transformé en pierre. N'importe quoi, plutôt que l'épreuve qui l'attendait. Il avait rendez-vous avec le Premier ministre le matin, pour discuter d'une stratégie de retour à l'ordre. À cette seule pensée, il sentait son pénis se ratatiner.

Accablé, Podger descendit de voiture avec ses compagnons et enfila péniblement une succession de longs couloirs, puis pénétra dans un salon pour VIP où Dodo les attendait, comme convenu.

« Qu'est-ce qui ne va pas, Podge ? lança Dodo. On dirait que vous avez fait pipi dans votre culotte. »

Podger s'assit dans un fauteuil avec une infinie prudence. Il n'avait pas eu le temps, hélas, de montrer ses parties sensibles à un médecin. Du reste, sa gêne et celle du praticien n'auraient-elles pas été plus cuisantes encore que ses brûlures ? La banalité de ses organes sexuels lui semblait d'autant plus difficile à supporter que son visage était célèbre. Nicholas ordonna à l'agent des services secrets d'examiner la pièce afin de débusquer d'éventuels micros et caméras cachés. Personne ne parla pendant que Natasha Krantz, consciencieuse à l'extrême, grimpait sur une échelle pour dévisser les ampoules du plafond. Enfin, elle déclara : « Rien à signaler.

— Fouillez ma sœur maintenant. »

Impassible, Natasha palpa Dodo.

« Rien à signaler.

— Où est ta copine la meurtrière ? interrogea Nicholas.

— Elle arrive, répondit Dodo. Tu as apporté tout ce que je t'ai demandé, Nick ? »

Natasha Krantz ouvrit son attaché-case et en sortit des liasses d'argent et divers documents. Dodo lui donna les photos. Natasha Krantz procéda alors au changement d'identité de Coventry et de Dodo, à qui deux nouveaux noms furent attribués, reflétant la classe sociale de chacune et son accent. Dodo devint Miss Angela Stafford-Clark, originaire de l'élégante ville thermale de Leamington Spa ; et Coventry fut rebaptisée Suzanne Lowe, née à Nottingham.

## 43

## La séparation

C'est Natasha Krantz qui m'a séparée de mes enfants.

« Venez maintenant ! Vite ! Dites au revoir et suivez-moi ! »

Elle a détaché leurs mains qui me serraient par la taille et le cou. « Vous n'avez pas vu votre mère ce soir, compris ? » a-t-elle dit d'une voix sévère.

Ils ont secoué leurs adorables têtes blondes.

« Et vous ne m'avez pas vue non plus. »

À nouveau, ils ont fait non de la tête.

« Allez, dites au revoir à votre mère. Elle doit partir. »

Des épines dans le cerveau.

## 44

## Le soleil se lève à l'est

« S'il te plaît… Ne pleure pas, Jaffa chérie. Je ne supporte pas. Nicholas, donne-lui ton mouchoir.

— Il est en soie. Il n'est pas censé servir. »

Podger a proposé le sien, je l'ai pris et j'ai enfoui mon visage dans le linge blanc. Je ne pouvais plus regarder personne dans les yeux. J'avais tourné le dos à la nature. J'étais une paria, exclue de la société. Le meurtre me paraissait une broutille comparé à l'acte terrible que je venais de commettre : abandonner mes enfants.

Dodo m'a fourré quelque chose entre les mains, un objet mince, dur, rectangulaire. Écartant le mouchoir, j'ai découvert un petit livret bleu marine. Je l'ai ouvert et j'ai lu mon nouveau nom : Suzanne Lowe, lieu de naissance : Nottingham. Le passeport de Suzanne portait divers tampons attestant de voyages en Amérique, en Australie et en Inde.

« Vous avez fait l'impossible, Podger ? » a demandé Dodo.

Podger a indiqué que Natasha Krantz allait répondre à sa place. Celle-ci a acquiescé en tendant des documents à Dodo. Dodo les a regardés et a soupiré d'aise.

« Formidable, merci. Quand partons-nous ?

— L'avion vous attend. La compagnie nous doit un ascenseur et a détourné un vol en provenance de Paris. Les passagers ne seront pas contents de vous voir… Où est la photo ? »

Dodo a remis à Podger le Polaroïd qui était la source de tous ses ennuis. Il a essayé de le déchirer, mais a renoncé et l'a gardé sur les genoux, près de son entrejambes douloureux.

« Vous en avez fait des copies, évidemment, a-t-il dit à Dodo.

— Évidemment. Elles ont été postées.

— Quelle salope… Vous avez bousillé mon mariage, et sans doute aussi ma carrière. » Des larmes de colère étincelaient dans les yeux de Podger. Il a posé la photo dans un cendrier et y a mis le feu. Tout le monde a regardé l'image se tordre, fondre et se dissoudre.

« Haut les cœurs, Podger, mon vieux ! Vous avez encore votre maîtresse, votre compte bancaire, et toute la classe dirigeante derrière vous. Ça pourrait être pire.

— On aurait dû les éliminer toutes les deux, a lâché Nick. Aucun d'entre nous ne dormira plus jamais sur ses deux oreilles maintenant. »

Je me rappelle vaguement avoir pris un bus, puis un avion. J'ai senti l'appareil accélérer, s'élever dans les airs, virer sur l'aile en direction de l'est, et j'ai contemplé par le petit hublot les lumières de l'aéroport qui disparaissaient au loin. Là-bas, quelque part, mes enfants rentraient à la maison. Et avec eux, je quittais Miss Coventry Lambert, la fille de mes parents ; Mrs Derek Dakin, l'épouse de mon mari ; Margaret Dakin, la mère inventée par mon fils ; Lauren McSkye, l'élève de Bradford Keynes ; et Jaffa, l'amie de Dodo.

« Où allons-nous ? » a demandé Suzanne Lowe.

La réponse a été déconcertante : « À Moscou. »

## 45

## Edna Dakin prend la route

La belle-mère de Coventry, Edna Dakin, n'écoutait qu'à demi son fils Derek. L'autre moitié de son attention était tournée vers la rue, où, comme d'habitude, il ne se passait rien. En face, elle vit une femme de son âge qui regardait elle aussi par la fenêtre d'un air désespéré. « C'est à cause de ces affreux bâtiments, pensa-t-elle. Ils nous ont jeté un sort, tellement ils sont gris et tristes. Pourquoi n'avons-nous pas des couleurs, des motifs, des plantes qui grimpent sur les murs comme dans les autres pays ? Pas étonnant que nous n'ayons pas envie de nous promener dans ces rues si mornes et si laides.

Et cette horrible maison de quartier ! continua-t-elle de maugréer intérieurement. C'est moche, tout en béton, et les bruits résonnent là-dedans. J'ai travaillé dans une laverie automatique qui était plus accueillante et plus agréable que ça ! » Edna sentit une rage immense gonfler dans sa poitrine en contemplant les rangées de maisons identiques qui s'étageaient sur la colline. « Pas étonnant que les gosses aient cassé les jeunes arbres. Ils n'ont pas la patience d'attendre qu'ils poussent. Et ces magasins hideux ! Un mini-centre commercial, tu parles ! Comme si on avait envie d'aller faire ses courses dans des boutiques toutes formatées. Et pourquoi n'y a-t-il pas d'endroit où les enfants peuvent jouer ? Ils devraient au moins apprendre à jouer avant de s'inscrire au chômage. »

« Maman, tu m'écoutes ? »

Elle pivota d'un air las et considéra son fils. Quel petit avorton ! Comment avait-il réussi à attirer Coventry, tellement belle que les têtes se retournaient sur son passage ? Comme dans la chanson.

« Maman, tu marmonnes.

— Je fredonne une vieille chanson. *Tu me fais tourner la tête, mon manège à moi c'est toi...*

— Mais on est en pleine conversation.

— Non, Derek. Pour avoir une conversation, il faut être deux, et comme d'habitude, il n'y a que toi qui parles et moi je suis obligée de t'écouter.

— Maman ! Tu es malade ?

— Je me porte aussi bien qu'il est possible pour quelqu'un qui s'emmerde à cent sous de l'heure.

— Maman ! Je ne t'ai jamais entendu dire de gros mots.

— Oh, j'en dis beaucoup quand je suis seule à la maison. Je jure comme un charretier, et ça me plaît.

— Tu n'es vraiment pas bien, hein ? Parce que tu t'inquiètes pour Coventry...

— C'est drôle, Derek, mais je ne me fais aucun souci pour elle. Je me réjouis, plutôt, et je regrette de ne pas avoir agi comme elle.

— Quoi ! Tu aurais voulu assassiner quelqu'un ?

— Non, prendre la fuite. C'est excitant, tu ne trouves pas ? Elle pourrait être n'importe où : à Tombouctou, à Constantinople, à la pointe extrême des Cornouailles… Ça vaut mieux que de vivre ici, où la seule distraction est de faire les courses une fois par jour. J'en suis venue à penser que je détestais ma vie, Derek. Je vais en changer.

— Comment ?

— Pour commencer, je me suis inscrite à des leçons de conduite.

— Des leçons de conduite ? Tu te tueras avant d'avoir le permis !

— Pas du tout. Je suis quelqu'un de très raisonnable, et les voitures à double commande, ça existe, figure-toi.

— C'est ridicule. Tu n'as pas les moyens d'avoir une voiture, avec ta retraite.

— Je prévois de toucher mon assurance décès.

— Tu ne peux pas faire ça… Et le cercueil que tu voulais ? La location du corbillard ? Le repas de funérailles ? »

Mrs Dakin rit en voyant la panique qui se peignait sur les traits de son fils. « La mairie prendra en charge ma crémation. Depuis le temps que je paye la taxe d'habitation. »

Un klaxon retentit dehors. Derek se leva et alla à la fenêtre. Une voiture d'auto-école s'était arrêtée le long du trottoir. Un jeune homme s'installait à la place du passager.

« Le voilà », dit Mrs Dakin. Elle éteignit le poêle à gaz, prit son sac à main et se dirigea vers la porte.

« Au revoir, Derek ! » lança-t-elle pour marquer sa détermination.

Ils sortirent ensemble de la maison, puis Derek s'éloigna sans se retourner.

Il entendit le rugissement d'un moteur. Bientôt, la voiture d'auto-école le doubla, avec sa vieille mère au volant. Elle donna un léger coup de klaxon et agita la main. Derek suivit des yeux le véhicule qui disparaissait de l'autre côté de la colline, plus vite que la vitesse autorisée, lui sembla-t-il. Il mémorisa le nom de l'auto-école : Le Permis pour Tous. Une fois rentré chez lui, il téléphonerait et signalerait la défaillance du moniteur qui était censé enseigner le Code de la route à sa mère.

Pourquoi toutes les femmes qu'il connaissait devenaient-elles folles ? se demanda Derek. Pas seulement les membres de sa famille. À l'usine, les filles ne cessaient de râler : exigeant davantage d'argent, de meilleures conditions de travail, des horaires flexibles. D'ailleurs, les voix des femmes n'étaient-elles pas plus fortes depuis quelque temps ? Leurs vêtements plus voyants, leurs corps plus grands, plus imposants ? Derek rentra chez lui d'un pas lourd, tel un dinosaure arraché à son marécage, mal à l'aise, pressentant un changement climatique.

# Épilogue

Six mois jour pour jour ont passé depuis que Coventry a fui sa maison et sa famille. Une carte postale de Russie est arrivée à l'impasse de Badger's Copse, portant l'intitulé : « Les enfants. » Mis à part l'adresse, il n'y avait aucun texte, mais les enfants ont compris de qui la carte provenait.

*RUTH* A cessé de prendre la pilule. Sidney l'ignore. Elle ne lui dira rien avant d'être enceinte de vingt-neuf semaines.

*SIDNEY* A été promu : il est maintenant responsable régional pour tous les East Midlands, à savoir trente-sept magasins. Depuis sa nomination, les résultats enregistrent une hausse considérable. Parmi les premiers conseils qu'il a adressés à la direction, Sidney a recommandé de changer la désignation « Magasin » en « Point de vente ».

*HORSEFIELD* Vit dans une caravane avec Barbara et Matthew près de Cambridge, où il fréquente une faculté de théologie. Il est très heureux. Il ne sait pas que Barbara ne l'est pas.

*PODGER* Pense à Coventry dès qu'il ouvre les yeux le matin. Il est seul dans son grand lit. Sa femme l'a quitté et vit avec un membre du parti travailliste. L'une de ses artères est touchée par l'athérosclérose. Il l'ignore, et ne le saura pas jusqu'à ce qu'un caillot obstrue le passage du sang à son cœur le 2 août 1992.

*DEREK* A connu un triomphe. Naomi lui a valu de décrocher la Palme d'or à une convention nationale de tortues. La photo de Derek et de Naomi est parue dans la presse locale, surmontée d'une regrettable manchette : « Le mari d'une fugitive sort de sa coquille. » Il y a une femme, une certaine Mrs Daphne Pye, qui est très intéressée par Derek. Elle apprécie énormément sa conversation. Daphne aime les tortues, elle sait danser le fox-trot et ne fume pas.

*MARY* Est devenue superbe. C'est une élève très sérieuse et elle pense sans cesse à sa mère.

*JOHN* Repasse son examen de fin d'études secondaires. Lui aussi est devenu superbe.

*EDNA DAKIN* A obtenu son permis de conduire du premier coup. Elle a acheté une Vauxhall Chevette bleu métallique avec conduite à gauche, qui lui a coûté deux cent cinquante livres. On la trouve rarement chez elle.

*SLY* Est mort. Il a péri dans l'incendie de sa voiture sur l'autoroute en revenant de Gatwick. L'inspecteur se serait endormi au volant. Tous les documents relatifs à Coventry Dakin ont été détruits par les flammes.

MIXTE
Papier issu de sources responsables
FSC® C003309

10/18, une marque d'Univers Poche, est un éditeur qui s'engage pour la préservation de son environnement et qui utilise du papier fabriqué à partir de bois provenant de forêts gérées de manière responsable.

*Imprimé en France par* CPI

N° d'impression : 3019400
Dépôt légal : février 2017
X06798/01